3ª edição

# João Anzanello Carrascoza

## Ladrões de histórias

Ilustrações: Rogério Soud
Conforme a nova ortografia

## Série **Entre Linhas**

Editor • Henrique Félix
Assistente editorial • Jacqueline F. de Barros
Preparação de texto • Lúcia Leal Ferreira
Revisão de texto • Pedro Cunha Júnior e Lilian Semenichin (coords.)/
Edilene Martins dos Santos /Renato A. Colombo Jr./
Célia R. do N. Camargo /Janaína da Silva

Gerente de arte • Nair de Medeiros Barbosa
Supervisão de arte • Marco Aurélio Sismotto
Diagramação • Valdir Zacarias da Silva
Projeto gráfico de capa e miolo • Homem de Melo & Troia Design
Impressão e acabamento • Gráfica Paym

Suplemento de leitura e projeto de trabalho interdisciplinar • Isabel Cristina M. Cabral

**Dados Internacionais de Catalogação na Publicação (CIP)**
**(Câmara Brasileira do Livro, SP, Brasil)**

> Anzanello Carrascoza, João
> Ladrões de histórias / João Anzanello Carras-
> coza ; ilustrações de Rogério Soud. – São Paulo :
> Atual, 2003 – (Entre Linhas: Aventura)
>
> Inclui roteiro de leitura.
> ISBN 978-85-357-0306-1
>
> 1. Literatura infantojuvenil  I. Soud, Rogério.
> II. Título.  III. Série.
>
> 02-5948                                      CDD-028.5

**Índices para catálogo sistemático:**
1. Literatura infantojuvenil   028.5
2. Literatura infantil   028.5

19ª tiragem, 2022

Copyright © João Anzanello Carrascoza, 2003.

**SARAIVA Educação S.A.**
Avenida das Nações Unidas, 7221 – Pinheiros
CEP 05425-902 – São Paulo – SP – Tel.: (0xx11) 4003-3061
www.editorasaraiva.com.br
atendimento@aticascipione.com.br

Todos os direitos reservados.

CL: 810485
CAE: 602599

# Ladrões de histórias

## João Anzanello Carrascoza

## Suplemento de leitura

O mundo está à beira do caos: pessoas estão perdendo a memória, páginas de livros desaparecem, placas de sinalização nada mais indicam. Os Trevosos, seres imaginários, entraram no mundo real e estão comendo todas as letras que encontram pela frente, colocando em risco o futuro da humanidade.
Para solucionar tão grave problema, Jorge e Alice, dois garotos bastante espertos, iniciam uma aventura pelo País da Imaginação. Com a ajuda do leitor, que vai escolhendo o caminho a ser seguido pelos dois jovens, e sob a orientação de Zelão, um velho meio maluco, personagens interessantes serão encontradas e lugares bem diferentes serão visitados.

# Por dentro do texto

•

## Enredo

1. *Os dois jovens então contaram sucintamente o que estava acontecendo. Não viam a hora de retornar ao seu mundo, recolher os Trevosos comilões e acabar com a amnésia das pessoas e o sumiço das palavras.* (p. 64)

Conte você também o que estava acontecendo. Que problemas Jorge e Alice deveriam resolver para que o nosso mundo voltasse ao normal?

_____
_____
_____
_____
_____

2. Para resolver a situação juntamente com Jorge e Alice, você escolheu um dos percursos possíveis oferecidos pela obra. Que percurso você escolheu?

a) Conte para seus colegas como, em sua leitura, Jorge e Alice resolveram os problemas que enfrentaram, que lugares visitaram, que outras personagens encontraram. Não se esqueça de contar quem, no percurso escolhido por você, seria o responsável pela entrada dos Trevosos em nosso mundo. Use o Mapa de leitura (p. 6) para melhor organizar sua narração. Tome como ponto de partida o capítulo "Mochilas".

b) E então? Há muitas diferenças entre as aventuras que Alice e Jorge viveram em sua leitura e as aventuras vividas por eles nas leituras de seus colegas? E o que há em comum entre todas as leituras?

_____

_____

**3.** Por meio da personagem Zelão, *Ladrões de histórias* apresenta uma explicação para a forma de nascimento das histórias.

a) Como nascem as histórias, de acordo com Zelão?

_____

b) Você teria alguma outra forma de explicar o nascimento das histórias?

_____

### Personagens e espaço

**4.** Jorge e Alice realizaram uma aventura e tanto no País da Imaginação e, por fim, conseguiram resolver todos os problemas que encontraram. Que características dos garotos influíram no fato de sua viagem ser bem-sucedida?

_____

— *Sou, mas não me lembro se já estive aqui* — disse o camelo. — *As dunas de areia são parecidas umas com as outras."* (p. 110)

O que há em comum e o que há de diferente entre praias e desertos? Responda a essa pergunta com a ajuda de seu professor de Geografia.

14. No País da Imaginação, Jorge e Alice encontraram uma mulher xiita, um tuaregue e um berbere. Com a ajuda dos professores de História e Geografia, faça uma pequena pesquisa sobre esses povos, procurando saber um pouco sobre sua história, onde vivem e como vivem.

15. Na Torre dos Segredos, Jorge e Alice encontraram variadas e curiosas caixas. Uma delas emitia uma luz verde e foi identificada por Alice como "a caixa da esperança". Essa caixa parece ser a "caixa de Pandora". Você conhece a história dessa caixa? Se sim, conte-a para seus colegas; se não, faça uma pesquisa a respeito. Inicie sua pesquisa em livros ou *sites* sobre mitologia grega, procurando pelo nome Pandora. Pode ser que não apareça nenhuma caixa na versão da história que você encontrar, mas uma ânfora, que é uma espécie de vaso com duas alças. Como você já estará pesquisando uma história da mitologia grega, que tal pesquisar também sobre Mnémose, as musas e as explicações mitológicas sobre a memória? Peça ajuda a seu professor de História.

# Produção de textos

•

10. No exercício 5, você criou um vilão para esta história. Agora, você vai colocá-lo em ação. Em primeiro lugar, escolha com qual dos capítulos do livro você vai trabalhar. Releia-o com atenção e reescreva-o, introduzindo sua personagem na história. Se você achar interessante ou necessário, outros capítulos poderão ser reescritos. Será que o final da história será mudado? Leia seu texto para seus colegas e ouça os textos deles.

11. Suponhamos que Jorge tivesse se esquecido de deixar o Anjo da Verdade no País da Imaginação. Ele está solto por aí e poderá causar alguns problemas ou trazer algumas soluções... Vá até o País da Imaginação e peça às musas que lhe deem uma cópia da história *O Anjo da Verdade na Terra da Mentira*. Não vale dizer que elas não lhe deram permissão para escrevê-la, certo?!

12. Elabore um texto, narrativo ou dissertativo, a partir da seguinte frase: "O fim de todas as palavras é o silêncio". Antes de começar a escrever, reflita sobre que sentidos esta frase poderá ter.

# Atividades complementares

•

**(Sugestões para Literatura, História e Geografia)**

13. Releia o seguinte trecho:
   — *Então, estamos numa praia ou num deserto? — perguntou a menina ao camelo.*
   — *Não sei — respondeu o animal.*
   — *Como não? — disse Jorge, indignado. — Você é ou não é do País da Imaginação?*

_____

_____

**5.** No País da Imaginação, Jorge e Alice encontraram diversas personagens.

a) Que personagens os garotos encontraram no percurso que você escolheu?

_____

_____

b) Alguma dessas personagens ou grupo de personagens tem a intenção de prejudicar os meninos em sua busca pela solução de seus problemas?

_____

_____

_____

_____

c) Imagine que haja um grande vilão nesta história, que tenha levado os Trevosos para o mundo real com a intenção de causar um grande problema para a humanidade e que queira destruir o País da Imaginação. Com certeza, ele vai tentar impedir que Jorge e Alice sejam bem-sucedidos em sua missão...

Em dupla, você vai criar esta personagem. Para ajudá-lo nesta atividade, responda às seguintes perguntas sobre o seu vilão:

- Quem é ele? Tem a forma humana ou não?
- Ele vive no mundo real ou no País da Imaginação?
- Qual é a história dele? Onde e como ele nasceu?
- Do que ele gosta? Do que ele não gosta?
- Por que ele quer criar problemas para as pessoas? Por que ele quer que o País da Imaginação desapareça?
- Faça um desenho representando este vilão.

**6.** O espaço em que uma personagem vive pode nos ajudar a caracterizá-la. Algumas vezes, espaço e personagem podem apresentar relações tão estreitas que chegam a ter características comuns. Releia os seguintes trechos referentes à personagem Zelão e ao lugar onde vive:

- *Rapidamente chegaram ao fim da rua, onde avultava a casa do velho Zelão. Trepadeiras subiam pela fachada derruída, o reboco caía das paredes, as telhas estavam cobertas por uma espessa camada de lodo, o enorme portão engrossado pela ferrugem rangeu tenebrosamente quando Jorge o abriu. Como não havia campainha, atravessaram o jardim invadido por um matagal que se alastrava até quase a soleira da porta e Alice se sentiu como a Bela indo ao encontro da Fera, mas procurou esconder do amigo seu medo. (p. 153)*
- *A porta se abriu subitamente com um grande estrépito e Zelão, de longos cabelos brancos, barba por fazer, óculos com lentes fundo de garrafa, saltou diante deles [...] (p. 153)*
- *O interior da casa tinha pilhas de livros espalhados por tudo quanto era canto. (p. 154)*
- *Atravessaram o matagal a mil por hora, mas a meio caminho, perto de um canteiro onde cresciam umas roseiras selvagens, a menina deu um grito:*
  *– A Fera tá atrás de mim! (p. 87)*

a) Que relações você percebe entre a personagem Zelão e sua casa?

_____
_____
_____
_____
_____
_____

b) Como você explicaria o fato de Alice ver a Fera, da história *A Bela e a Fera*, na casa de Zelão?

_____
_____
_____
_____

**7.** Antes de iniciarem sua viagem, Jorge e Alice receberam um mapa do País da Imaginação.

a) Com base nas indicações dadas pelo livro, desenhe esse mapa e compare-o com os que forem desenhados pelos seus colegas.

b) Como seria o seu País da Imaginação? Seria parecido com o apresentado em *Ladrões de histórias*? Desenhe um mapa representando o seu País da Imaginação. Mostre-o a seus colegas e observe o deles.

## Linguagem

**8.** Como você interpretou o título da obra *Ladrões de histórias*? Quem são esses ladrões? Justifique sua resposta.

_____

_____

_____

_____

_____

**9.** Releia o capítulo "Estranhos acontecimentos" (p. 8), que se inicia da seguinte forma: "O insólito fenômeno começou como um sonho numa noite de verão [...]." Nesse trecho, além da referência à peça *Sonho de uma noite de verão*, de William Shakespeare, o autor trabalha com uma comparação metafórica, ou seja, ele compara o que está acontecendo (o fenômeno) com algo fantástico (um sonho numa noite de verão). Esse recurso utilizado pelo autor traz ao seu texto um caráter mais poético, pois compara elementos de universos diferentes, ampliando as possibilidades de nossa imaginação. Em que outros momentos deste capítulo o autor utiliza esse mesmo recurso?

_____

# Sumário

Mapa de leitura  6

O portal de acesso  7

Estranhos acontecimentos  8

Abram a porta  11

Adiante  12

Ajuda  13

Aliado  16

Alice  17

Arte do Simurg  20

Binóculo  22

Bússola  23

Cachoeira  24

Camelo  28

Caminhos  31

Caverna  33

Certeza  39

Confusão  40

Corda  42

Cristal de luz 44

Culpado 46

Deserto 49

Desistir 52

De volta 53

Diversão 56

Em frente 59

Fim 62

Gênio das Águas 63

Hora de improvisar 65

Invasão 67

Largar 69

Lente de aumento 71

Marinho 74

Memória 76

Mochilas 80

Na mesma 83

Não 87

Noventa e seis 90

Noventa e sete 92

Outra coisa 94

Pé esquerdo 96

Pegar 97

Perdidos no oásis 101

Ponte 103

Ponto-final 107

Praia 110

Problemas 113

Responsável 115

Resposta 117

Rochedo 120

Serra Quieta 127

Sim 131

Soluções 138

Surpresa 140

Torre dos Segredos 143

Trevosos 145

Único 149

Vento do Silêncio 150

Zelão 152

O autor 156

Entrevista 157

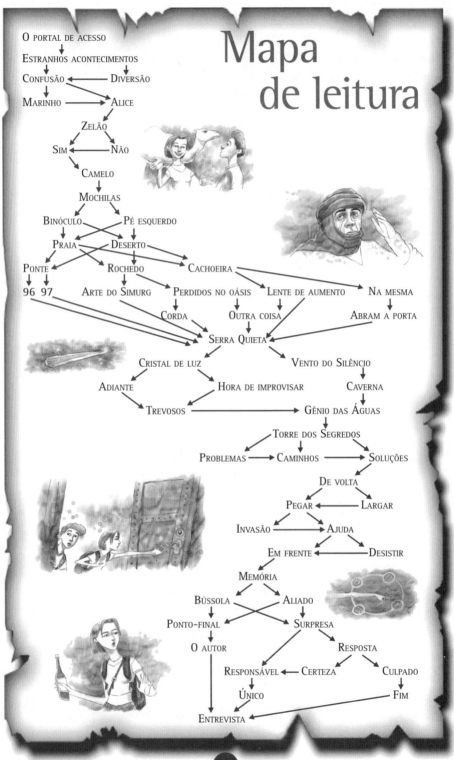

# O portal de acesso

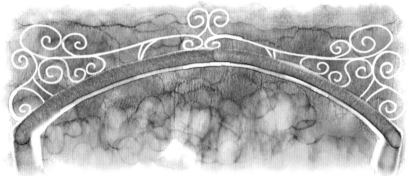

Iniciar a leitura deste livro é como estar diante de um portal para o desconhecido. Do outro lado está o País da Imaginação, para onde vão Jorge e Alice, atraídos por um intricado desafio. É para lá, e com eles, que você viajará. A grande meta é deter os Trevosos, que comem as palavras do lado de cá e provocam amnésia nas pessoas, causando uma grande desordem no mundo. Mas você terá alguns aliados, como o velho Zelão, o pássaro Simurg, o gnomo Zebedel, o Gênio das Águas, a deusa Mnémose. Falar deles aqui é como passar o *trailer* de um filme, que só dá pra gente entender depois de assisti-lo inteirinho. O melhor é entrar logo para conhecer essas personagens, o portal está se abrindo, eis a chave em suas mãos. E, nesta aventura, é você quem vai decidir a cada capítulo qual o caminho que Jorge e Alice devem seguir. Eles podem chegar logo à solução, ou se perder em labirintos, enfrentando outros perigos e vivendo alguns episódios a mais, conforme a sua escolha. No final de cada capítulo, aparecerão uma, duas ou mais palavras grifadas, que nomeiam o próximo capítulo de seu percurso. Você terá de optar por uma delas e seguir imediatamente para a página correspondente. Mas não é só isso. Em alguns trechos desta viagem, você terá de descobrir as palavras para continuar a leitura e saber o que acontecerá com Jorge e Alice. O portal se abre quando você ler o primeiro capítulo, "Estranhos acontecimentos". Daí em diante é fazer as suas escolhas e escrever o seu livro *Ladrões de histórias*.

# Estranhos acontecimentos

O insólito fenômeno começou como um sonho numa noite de verão e daí em diante não parou mais, espalhando-se como um rastilho pelo mundo afora. Dona Ziza estava assistindo à novela das oito e, na hora da cena romântica mais esperada, o canal saiu do ar.

— Puxa vida! — bramiu ela. — Justo agora.

Aguardou alguns minutos, mas na tela da TV só se viam chuviscos. Aborrecida, começou a reclamar do marido, seu Jijo, a quem vinha pedindo em vão para arrumar a antena, quando ele entrou na sala de cara amarrada, tirou os óculos e desabafou, indignado:

— Tá faltando a última página — disse, sacudindo um dos volumes de *As mil e uma noites*, cuja leitura vinha saboreando com excitação. — Deve ter sido Jorge e Alice que arrancaram quando vieram procurar o atlas no escritório...

— Bem feito — disse dona Ziza, e correu para a casa da vizinha, com esperança de que pudesse ainda ver o final da novela.

Mas a TV de dona Julieta também estava fora do ar, mesmo com aquela enorme antena parabólica, semelhante a uma orelha metálica, que ela mandara instalar sobre o telhado.

Enquanto as duas amigas lamentavam o ocorrido, chegou dona Dulcineia, moradora do outro lado da rua, visivelmente perturbada, a voz fininha feita um riacho:

— Deus, tô ficando biruta!

E, antes que lhe perguntassem o motivo, ela estendeu a explicação como um tapete: estava contando a história de Chapeuzinho Vermelho para os dois netinhos dormirem e, de repente, tivera um branco. Nunca lhe havia acontecido nenhum lapso de memória. Será que estava ficando gagá? O pior é que os meninos tinham exigido imediatamente outra história; ela então começara a contar *Branca de Neve e os sete anões*, mas novamente se perdera. Não lembrava se a Branca de Neve dava um beijo no príncipe, despertando-o de um sono encantado, ou se ele dava um beijo nela e se transformava num sapo.

— É hoje — deixou escapar dona Ziza, achando aquilo muito estranho.

Então apareceu o filho de dona Julieta com a namorada, resmungando. Haviam ido ao cinema assistir *Titanic*, mas as legendas do filme sumiam, como se roídas por uma praga de ratos. A plateia começou a reclamar, as luzes se acenderam e houve uma gritaria dos diabos. A polícia foi chamada, a temperatura ferveu, mas neca de recomeçar o filme.

— Amanhã vou ao Procon — disse o rapaz. — Onde já se viu?

— Ai, minha Virgem Santíssima! Que está acontecendo? — sussurrou a mãe, aflita.

— Como dizia Cervantes, parece que o mundo conspira contra nós — comentou dona Ziza.

— Essa não era uma frase de Shakespeare? — perguntou dona Dulcineia.

— E não era o contrário? — perguntou dona Julieta. — O mundo conspira a nosso favor...

— Agora vocês me pegaram — disse dona Ziza.

— Tô falando que tem algo errado — disse dona Julieta.

— Bem, não sou só eu que tô esquecendo as coisas — falou dona Dulcineia, aliviada.

O casal de namorados ouvia as mulheres sem entender nada. E a eles se juntou o pai do rapaz, seu Túlio, que costumava ler a Bíblia antes de dormir e entrou na sala, gritando:

— Quem arrancou a página do salmo 18?

Como ninguém sabia explicar o que estava acontecendo, nem a respeito do sumiço das palavras, nem da amnésia das pessoas, acharam melhor ir dormir. Devia ser apenas uma coincidência... Certos dias são mesmo para serem esquecidos. Mas, ao chegar em casa, dona Ziza suspeitava que algo de muito grave ameaçava a comunicação entre as pessoas. Amante de um bom livro, seu Jijo, escritor e contador de histórias, já fora se deitar, aborrecido, por não saber o que acontecera com a princesa Sherazade em *As mil e uma noites*, apesar do som alto que vinha do quarto de Marinho, o filho mais velho, louco por *rock*. Só Jorge, o caçula, parecia se divertir. Deitado na cama, lia alguns gibis do Batman, emprestados por sua amiga Alice, e notou que faltavam textos nos balões de uma das histórias.

"Deve ser pra gente completar", pensou ele, julgando que eram quadrinhos interativos. E, como herdara do pai o gosto de inventar histórias, meteu-se a escrever os diálogos que faltavam, rindo com suas próprias maluquices. As gargalhadas chamaram a atenção de dona Ziza, que antes de se recolher, ainda perturbada, foi vê-lo e não achou graça nenhuma, alertando-o para os problemas que podiam advir do inexplicável sumiço das palavras.

— O mundo pode virar um caos!

— Caos? — perguntou Jorge. — O que é isso?

— Confusão, filho.

— Ora, <u>confusão</u>? (p. 40) — sorriu ele. — Acho que pode virar é uma boa <u>diversão</u> (p. 56).

# Abram a porta

— É pra gente abrir a porta — disse Alice. — Será que é isso mesmo?
— Só pode ser — respondeu Jorge.
— Vamos dar de cara com aquele matagal — disse a menina. — Ou com o deserto de novo.
— Pelo menos você não tem de imaginar outro camelo — disse o garoto.
— Isso seria o de menos — disse ela. — Duro mesmo deve ser andar dias e dias no lombo dele como os tuaregues.
— Pra quem gosta de aventuras não é nada — provocou ele.
— Quem não estava aguentando o Sol e queria água de coco não era eu — replicou ela.
— Bem, vamos! — disse Jorge, desviando o assunto. — O tempo está passando...
Atravessaram correndo a sala entulhada de livros. Na pressa, o garoto tropeçou num deles e caiu, quebrando o frasco com a poção do amanhã que ganhara do tuaregue. Nem teve tempo de lamentar, porque Alice já abrira a porta. E, ao contrário do que imaginavam, não havia matagal nenhum, mas uma imensa serra azulada que avultava lá adiante.
— Nossa, que beleza! — exclamou ela, admirada.
— É mesmo — disse Jorge.
— Bem que podia ser a <u>Serra Quieta</u>! (p. 127)

# Adiante

— Peraí, acho que coloquei o canivete no bolso — disse Jorge. — Pronto. Aqui está.

Zebedel o apanhou e se pôs a cutucar o fundo do Rio das Letras, onde o cristal de luz cintilava, até conseguir extraí-lo. Parecia uma lâmina de vidro que ele logo colocou diante dos olhos e, voltando-se para a menina, viu sobre a cabeça dela um balão, igual aos das histórias em quadrinhos, no qual flutuava a pergunta: "Será que isso vai dar certo?".

— Vai — disse o gnomo para Alice. — Com esse cristal, vocês vão ler os pensamentos dos Trevosos como eu acabo de ler o seu.

— Deixa eu experimentar — pediu ela, surpresa com as palavras de Zebedel. E, usando o cristal como óculos, observou Jorge, que naquele instante pensava com orgulho no quanto fora fundamental a sua participação para encontrarem o cristal.

— O importante não é quem fez isso ou aquilo — disse Alice, dando-lhe uma lição. — Mas que a gente consiga resolver o problema.

— Tudo bem — disse o garoto, desconfiando que ela lia seus pensamentos. — Já achamos o cristal de luz...

— Fiz a minha parte — disse Zebedel. — Agora é com vocês.

— Valeu — disse a menina, agradecendo o gnomo e guardando a pedra na mochila. — É hora de entrarmos na caverna.

Caminharam até a boca da rocha e se despediram de Zebedel.

— Vou torcer pra que dê tudo certo — disse ele.

— Tomara — disse Jorge.

— <u>Trevosos</u> (p. 145), aí vamos nós! — exclamou Alice.

# Ajuda

— Acho melhor buscarmos ajuda — disse o garoto. — Lembra do que disse seu Zelão? Há um exército de musas guardando o Arquivo da Terra e as garrafas com as cópias das histórias.

— É, você tem razão — disse a menina. — À força não vamos conseguir.

— E tem mais! — disse Jorge. — Elas só entregam a história que a gente merece.

— Bem lembrado.

— Deve haver um jeito de conseguirmos todas as histórias de uma só vez.

— Vamos voltar — propôs Alice.

Tentaram retornar pelo mesmo caminho, na esperança de chegarem novamente ao matagal que engolia o jardim da casa de seu Zelão. Mas, depois de irem para cá e para lá, não deram em lugar nenhum.

— Putz, estamos perdidos — disse a menina.

Então, Jorge mexeu no bolso e encontrou a caixa que pegara às escondidas na Torre dos Segredos.

— O que é isso? — perguntou Alice.

O garoto tentou se justificar, dizendo que apanhara a caixinha por engano antes de voltar ao mundo real.

— Não importa — disse ela. — Se nos ajudar a sair dessa...

— Não sei que solução contém — disse Jorge, fingindo que não tivera intenção de roubar nada. — Nem vi a placa!

— Pois abra a caixinha e veremos — disse a menina.

Sem nada a perder, ele a obedeceu. E, para surpresa de ambos, viram se materializar à sua frente um anjo cujo corpo emitia uma luz dourada tão intensa que mal podiam lhe distinguir as feições.

— Quem é você? — perguntou o garoto, espantado.

— Sou o Anjo da Verdade. Quando eu apareço, não há mentira que se mantenha em pé.

— Oba! — exclamou Alice. — Acho que você pode nos ajudar a convencer a musa do Arquivo da Terra de que não estamos mentindo.

E contou ao anjo o obstáculo que os impedia de botar ordem no mundo e reescrever as histórias devoradas pelos Trevosos.

— O caso é grave — disse ele. — Seria triste para a humanidade não recuperar essas histórias. Podem contar comigo!

Jorge e Alice voltaram à entrada do *canyon*. Quando a musa notou quem os acompanhava, fez logo uma reverência para o anjo.

— Então é tudo verdade? — perguntou ela.

— Sim — respondeu o anjo. — Eles precisam passar. Pode abrir o caminho?

— Claro — disse a musa. Murmurou umas palavras e a rocha se abriu, deixando entrever uma vereda.

— Muito bem, crianças — disse o Anjo da Verdade. — Boa sorte! Mas antes me recolham na caixinha.

— Melhor você ir junto — disse a musa. — Eles encontrarão outras musas lá e não avançarão se elas não tiverem certeza de que falam a verdade.

— Tudo bem — disse o anjo. — Adiante!

Os três então se embrenharam por aquele estreito corredor. Alguns metros à frente, deram com um paredão vigiado por uma dúzia de musas. Jorge resumiu o assunto que os conduzia ali e, uma vez confirmado pelo anjo que dizia a verdade, as sentinelas deixaram que avançassem, abrindo uma escotilha no solo pela qual eles chegaram ao outro lado do paredão. Não tardou que encontrassem um rio à beira do qual uma musa fazia guarda, ao lado de uns barcos. Quando lhe perguntaram o que era preciso fazer para prosseguir, respondeu que estavam diante do Rio do Esquecimento, onde todos os que ali vinham buscar histórias eram obrigados a se banhar a fim de esquecer como haviam chegado ao Arquivo da Terra.

— Bom, e pra atravessar agora? — perguntou Jorge.

— Basta remar até o outro lado — disse a musa. — Mas, na volta, o barco só desliza se vocês se banharem nas águas do rio.

— E aí esqueceremos tudo — disse Alice.

— Não, vocês só esquecem que estiveram aqui e o porquê.

— Então não vai adiantar nada — disse o garoto. — Vamos voltar com as histórias, mas sem saber o que fazer com elas.

— Seu Zelão tá ligado — disse a menina.

— Não sei se dá mais pra confiar nele — disse o garoto.

O Anjo da Verdade então contou o que estava acontecendo do outro lado do mundo.

— Lamento — disse a musa. — Não posso fazer nada.

— De que vale conseguir a cópia das histórias se, quando voltarmos, esqueceremos o que temos de fazer com elas? — protestou a menina. — Minha mãe jamais saberá que sou sua filha.

— Não há então nenhuma saída? — perguntou Jorge à musa.

— Não — disse ela.

— Você está mentindo — disse o Anjo da Verdade. — Existe uma forma de voltar sem passar pelo Rio do Esquecimento.

— Infelizmente, não — disse a musa. — Mas se vocês se banharem antes na Cachoeira da Memória não esquecerão nada, porque estarão imunizados, e as histórias continuarão intactas.

— E onde fica essa Cachoeira da Memória? — perguntou Alice.

— Dentro do Arquivo da Terra — respondeu a musa. — Mas é quase impossível chegar até ela.

— Por quê? — perguntou o garoto.

— Ela desaparece quando a gente se aproxima — disse a musa.

— Não temos opção — disse a menina. — Vamos <u>em frente</u> (p. 59). Pegamos a cópia das histórias e depois procuramos a cachoeira. Ou é melhor <u>desistir</u> (p. 52).

# Aliado

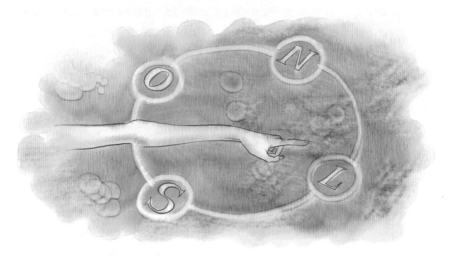

— Não trouxemos a bússola. — Os dois constataram, depois de procurar em suas mochilas.

— Você vai ter de arriscar — disse Alice ao amigo. — Acho que viemos daquele lado — completou, apontando à esquerda do *canyon*.

— Tem certeza? — perguntou Jorge.

— É o meu palpite — respondeu a menina. E zombou: — Atenção devia ser algo fundamental na vida de um detetive!

O garoto não ligou para a afronta. Mas, como Alice era boa em geografia, com aguçado senso de orientação, decidiu confiar nela. Agora, ele só precisava atravessar o Rio do Esquecimento e voltar para casa. A amiga tinha de beber a poção, ver a linha do futuro aos seus pés, dar um salto e desaparecer dali, indo para o dia seguinte do outro lado reencontrá-lo. Então, iriam colocar ponto-final (p. 107) naquela confusão toda. Ou ainda tinha mais alguma surpresa? (p. 140)

# Alice

Alice estava à mesa de jantar, debruçada sobre sua coleção de revistas da *National Geographics*, quando Jorge foi procurá-la. Mal entrou na casa, o garoto percebeu que ela também mudara de humor.

– O que aconteceu? – perguntou ele.

– Desapareceram as reportagens de que eu mais gostava – respondeu ela, zangada.

– Até a dos pigmeus?

– Dos pigmeus e também dos tuaregues.

– Eu estava achando um barato essa bagunça, mas está sumindo tudo – disse Jorge. – Acho que a coisa é séria mesmo...

– Também acho – concordou ela.

– Se continuar assim, ninguém mais se entenderá.

– O mundo vai acabar – disse Alice, aflita. – E todos os lugares lindos que eu queria conhecer não mais existirão.

– Não precisa exagerar – disse Jorge.

– Mas, sem comunicação, a gente vai desaparecer.

– É, a situação tá ficando preta.

– E pelo jeito vai piorar – disse a menina.

Dona Julieta passou pela sala e percebeu a aflição dos dois amigos. Sentia-se tão confusa com o estado das coisas quanto eles, mas tentava esfriar a cabeça e impedir que o desespero a dominasse.

— Não se preocupem, crianças — disse ela. — Isso vai passar logo...

— Será? — duvidou o garoto.

— Mas é claro — disse a mulher. — Se já fomos até a Lua, não vamos resolver esse probleminha? É apenas um *bug* passageiro.

— Espero que seja, senão adeus sonho de dar a volta ao mundo — disse a filha.

— Vou fazer um suco pra vocês — disse dona Julieta. — E foi em direção à cozinha.

Os dois continuaram conversando sobre o que poderia acontecer se não se descobrisse a causa daqueles problemas.

— Precisamos fazer alguma coisa — disse o menino.

— O quê? — perguntou Alice.

— Sei lá.

— Os cientistas vão nos tirar dessa.

— Não sei, não. Acho que os cientistas não têm a mínima ideia do que está acontecendo.

— E você tem?

— Não. Por enquanto.

— Lá vem você com sua pretensão de detetive.

— Qual o problema?

— Isso não é história de suspense.

O garoto pegou uma das revistas sobre a mesa e a folheou várias vezes.

— Você viu essa? — perguntou a Alice, intrigado.

— Vi — respondeu ela, desanimada. — Falta a entrevista com o Jacques Costeau.

— Não é só isso — comentou ele. — Parece que essa folha está escrita de trás para frente.

— Deixa eu ver — pediu a menina.

O garoto lhe entregou a revista.

— É verdade — confirmou ela. — Conheço essas revistas linha por linha e não me lembro desse trecho.

— Que será que está escrito? — perguntou Jorge.

— Vou pegar um espelho — disse ela. — É mais fácil pra gente ler. — E quando se levantava, dona Julieta chegou com uma jarra de suco de maracujá.

— Pronto! — disse, servindo-os.

Jorge experimentou e cuspiu logo ao tomar o primeiro gole.

— Ahrrrrrr! — bramiu. — Está salgado!

— Ah, meu Deus! — exclamou dona Julieta, desapontada. — Pensei que era o pote de açúcar...

— Não falei? — disse a menina. — A coisa vai de mal a pior.

— Desculpe, Jorginho — disse dona Julieta, saindo da sala. — Vou fazer outro suco.

— Espere aí que eu já volto — disse Alice, entregando a revista ao amigo. Em seguida, voltou com um espelho nas mãos.

— Pronto.

— Vamos ver o que está escrito — disse ele.

— Vamos — disse ela. E aproximou o espelho da folha onde apareciam as seguintes letras invertidas:

a única pessoa que sabe
o que está acontecendo
é seu Zelão
(p. 152)

# Arte do Simurg

— Você vai ou não vai nos ajudar? — perguntou Alice ao Simurg.

— É, que diabo de rei é você? — emendou Jorge. — Se não salvarmos o nosso mundo, o seu também desaparecerá...

— E o que eu posso fazer? — disse o rei dos pássaros, averiguando atentamente os sinais no rochedo. — Nem imagino o que significam...

— Uai, você não voa pra lá e pra cá? — perguntou a menina. — Não aprendeu ainda a língua dos povos do deserto?

— Um momento: acho que são números — disse o Simurg. — Talvez para encontrar a palavra mágica seja preciso combiná-los como se faz quando se tenta abrir um cofre.

— Pode ser — disse o garoto. — Mas não ajudou muito.

— Continuamos no escuro — disse a menina.

— Espera aí — cortou o Simurg. — Tenho uma ideia.

— Vamos, o tempo está passando — disse Alice. — Qual é a ideia?

Sem dar nenhuma resposta, o Simurg passou a cantar uma melodia tão doce que os dois amigos ficaram imóveis, enlevados por aquele que era o canto mais belo que já haviam ouvido na vida. E, conforme o Simurg cantava, começaram a sair devagarinho das tamareiras e dos arbustos, onde estavam ocultos pelas folhagens, pássaros e mais pássaros de todos os tamanhos e cores, e vieram pousar ao pé de seu rei.

— É um mais lindo que o outro — disse o garoto, maravilhado com o espetáculo que se abria ante seus olhos.

– Não acredito que estavam todos aqui à nossa volta – disse a menina, boquiaberta. – É um *show*!

Então, quando viu que todos os pássaros dali haviam atendido ao seu chamado, o Simurg parou de cantar.

– Precisamos levá-los à Serra Quieta – disse-lhes o rei, apontando para os dois amigos.

E, imediatamente, os pássaros se reuniram ao redor de Jorge e Alice, formando um gigantesco véu de asas coloridas, e se puseram vagarosamente a erguer os dois pela roupa, usando o bico.

– Que loucura! – exclamou a menina, saindo do chão.

– Por essa eu não esperava – comentou o garoto, já flutuando.

– Você não vem com a gente? – perguntou ela ao Simurg.

– Não, vou ficar por aqui – respondeu ele, vendo-os subir. – Vocês estão em boa companhia. Espero que consigam encontrar logo os Trevosos.

– Obrigado pela ajuda – disse Jorge, divertindo-se com aquela estranha decolagem.

– Acho que não vai ser um voo seguro – disse Alice, meio desconfiada.

– Você não queria aventura? – provocou o garoto.

E acenaram para o Simurg, enquanto alçavam voo com os pássaros. Seguiram depois pelo céu afora, atravessando nuvens, receosos de cair lá embaixo. Enfrentaram algumas turbulências e, numa delas, a mochila de Jorge se abriu, e seu frasco com a poção do amanhã escapou e se espatifou lá embaixo. Mas tanto ele quanto a menina estavam tão surpresos com aquele transporte que nem ligaram, pois não havia mesmo o que fazer, e talvez não precisassem em nenhum momento saltar as linhas do futuro para resolver o problema.

Chegaram a um vale profundo no qual os pássaros aterrissaram suavemente e, mal tocaram o chão, soltaram os dois jovens e se separaram, seguindo para as árvores onde se esconderam em meio às folhas. Ali pairava um profundo silêncio, e Jorge e Alice se viram sozinhos de novo, diante de uma imensa montanha azulada.

– Vamos – disse ela. – Deve ser a <u>Serra Quieta</u> (p. 127).

# Binóculo

Revezaram-se com o binóculo e observaram atentamente a paisagem lá adiante.

— Acho que são coqueiros mesmo — disse Jorge.

— Onde será que estamos? — indagou Alice, intrigada.

— Sei lá — respondeu ele, vacilante. — Pode ser uma <u>praia</u> (p. 110) ou um <u>deserto</u> (p. 49).

# Bússola

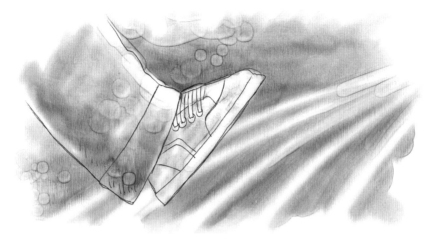

Por sorte, haviam trazido a bússola, embora não a tivessem usado em nenhum momento da jornada.

— É hora de usá-la — disse Jorge, reanimado. — Se eu não me engano, viemos do norte do *canyon*.

— Será que não foi do sul? — disse a menina, coçando a cabeça.

— Xi, agora estou em dúvida — disse o garoto. — Mas tenho uma ideia. — Abriu novamente a caixinha e perguntou ao Anjo da Verdade.

Como sabia das coisas, e do que era certo e errado, o anjo respondeu:

— Vocês vieram do norte.

— Ufa! — disse Jorge, aliviado, e agradeceu ao anjo.

— Bom, você já sabe como retornar do País da Imaginação — comentou Alice, feliz com a artimanha do amigo. — É hora de irmos. Amanhã a gente se vê.

— Você tem de me lembrar de tudo, hein! — disse o garoto.

— Pode deixar — disse a menina, prometendo que iria procurá-lo ao chegar lá.

Agora, bastava ela beber a poção, ver as linhas do futuro aos seus pés, saltar apenas uma e desaparecer, indo para o dia seguinte reencontrá-lo do outro lado. Então colocariam ponto-final (p. 107) naquela confusão toda. Ou ainda tinha mais alguma surpresa? (p. 140)

# Cachoeira

— Poxa, nunca imaginei que fosse encontrar uma cachoeira dessas no deserto — disse Jorge, o rosto queimado pelo Sol.

— Os oásis são assim mesmo — disse Alice, ensopada de suor. — Vamos até lá.

— Será que não é uma miragem, não? — perguntou ele.

— Claro que não — disse ela.

— Bem, espero que não seja — disse o garoto. — Quero cair já n'água.

— Peraí! — disse a menina, discordando. — Não viemos aqui pra tomar banho de cachoeira. Precisamos descobrir que oásis é esse e então ver no mapa qual direção devemos seguir.

— É que o calor está demais — resmungou Jorge.

— Não interessa — disse Alice. — Eu também gostaria de me refrescar, mas primeiro o trabalho, depois a diversão.

— Tá legal, tá legal — disse ele.

A cachoeira vinha de uma encosta rochosa e caía em jatos espumantes, que tatalavam nas pedras do solo, onde formavam um pequeno lago que, mais adiante, escorria por uma linha de barranco e sumia em meio às tamareiras. Os dois jovens procuravam pistas por todos os lados, mas nada encontraram que pudesse lhes indicar onde estavam. Aproveitaram para encher seus cantis quase vazios e, quando já se afastavam, ouviram a voz de alguém pedindo socorro.

— Vem daquela direção — disse o garoto.

— Quem será? — perguntou a menina.

— Nem imagino — respondeu Jorge. — Venha! — E foi em frente, arrastando Alice consigo.

Deram, então, com um homem, semioculto pelos arbustos, preso por um dos pés entre as gretas das pedras à beira da cachoeira.

— É um tuaregue — disse a menina.

— Como você sabe? — perguntou o garoto.

— Pelo azul de sua roupa — respondeu Alice. — Os habitantes de cada parte do deserto usam uma cor para que possam ser identificados. Se ele estivesse de preto, seria um xiita.

— A sua coleção da *National Geographics* valeu pra alguma coisa — disse Jorge.

— Vamos ajudá-lo — disse a menina. — Ele deve saber que oásis é esse...

Com cautela, aproximaram-se do homem que, ao vê-los, ergueu os braços para o céu e gritou:

— Por Alá! Alguém ouviu minha prece.

Deram-lhe as mãos e tentaram puxá-lo com toda força, mas foi inútil. O pé do tuaregue se afundara num buraco até quase a canela. Jorge pegou então seu canivete e cortou as sandálias do homem, que finalmente conseguiu se soltar.

— Obrigado — disse o tuaregue, exausto. — Se não fossem vocês, eu estaria perdido. Há mais de uma hora que peço socorro e ninguém me ouve. Meu camelo, que costuma me tirar de apuros, sumiu de repente.

O garoto desconfiou que o camelo do tuaregue era o mesmo que os havia trazido até ali, mas não disse nada.

— O que o senhor tá fazendo aqui? — perguntou Alice.

O homem contou que viajava junto a uma caravana, quando uma tempestade de areia os atingira no meio do caminho e ele se perdera do grupo. Quando amainou o tempo, continuou a jornada até dar naquele oásis.

— E vocês? — perguntou o tuaregue. — O que vieram fazer por essas bandas?

— É uma longa história — respondeu Jorge.

— Tenho tempo de sobra pra ouvir — disse o homem.

— Mas nós não — disse a menina.

E contou resumidamente o que estava acontecendo no mundo do outro lado: o sumiço das palavras, a amnésia das pessoas, o risco que a humanidade corria de voltar à idade da pedra ou mesmo se extinguir.

— Mas como isso foi acontecer? — perguntou o tuaregue, alarmado.

— Parece que alguém tirou os Trevosos daqui e os levou pra lá, onde eles começaram a comer letras — respondeu o garoto.

— É, a coisa tá feia para o nosso lado — lamentou Alice.

— E, se o mundo real desaparecer, eu e todos que vivemos no País da Imaginação também estaremos perdidos — disse o homem. — Nós só existimos porque vocês existem.

— Precisamos de sua ajuda — disse Jorge. — Temos de achar urgentemente os Trevosos daqui pra ver se param com o estrago que andam fazendo por lá.

— Eles vivem atrás da Serra Quieta — disse o tuaregue.

— O senhor sabe onde é? — perguntou a menina. — É perto daqui?

— Não, é bem longe — disse o homem.

— Vamos conferir — disse o garoto, desdobrando o mapa.

— Vejam — disse o tuaregue. — Estamos no oásis de Tamerza. A Serra Quieta situa-se no norte, na região verde, onde o clima é temperado.

— Quantas horas de camelo? — perguntou Alice.

— Dias e mais dias — respondeu o tuaregue. — Isso se vocês não pegarem nenhuma tempestade de areia ou se perderem. Aí demorariam meses.

— Caramba! — exclamou Jorge. — Pensei que aqui as coisas fossem mais fáceis.

— Não vai dar tempo — disse a menina. — Temos de encontrar algum meio de chegar lá mais depressa.

— Se eu conseguisse fazer meu tapete voar, num instante vocês estariam na Serra Quieta – disse o homem. E tirou de dentro de sua bolsa de pano um tapete persa, que estendeu no chão.

– É um tapete mágico? – perguntou o garoto.

– Sim – respondeu o tuaregue.

– Agora, estou vendo alguma vantagem deste lado – comentou Alice.

– Mas ele só voa se a gente pronunciar as palavras secretas – disse o homem.

– Assim como Ali-babá dizia "Abre-te sésamo", e a rocha se abria? – perguntou Jorge.

– Exatamente.

– Então diga! – pediu a menina.

– O problema é que eu não me lembro – disse o tuaregue. – Por isso eu só o tenho usado pra me deitar.

– Parece que os Trevosos andaram fazendo das suas por aqui também – comentou o garoto.

– Mas no meio desses desenhos estão escritas as palavras mágicas – disse o homem, mostrando um canto do tapete. – Foram bordadas justamente para o caso de a gente se esquecer.

– Uai, então por que o senhor não faz esse tapete voar? – perguntou Alice.

– Aí é que está – respondeu ele. – A letra é tão miúda que não consigo enxergar. Se vocês tivessem uma lente de aumento...

– Poxa, o seu Zelão ofereceu uma pra gente trazer nessa viagem – disse Jorge.

– É mesmo – disse a menina. – Onde está?

– Com ela poderíamos ler as palavras mágicas e fazer o tapete voar – completou o garoto.

E, imediatamente, os dois pegaram suas mochilas, abriram e despejaram no chão tudo o que havia dentro delas, a fim de averiguar se haviam trazido a lente.

– Então, crianças? – perguntou o tuaregue. – Vocês têm aí uma lente de aumento (p. 71) ou estamos na mesma? (p. 83)

# Camelo

— Um camelo, quem diria! — comentou Zelão, satisfeito. — Gostei...

— Mas esse camelo não estava aí antes! — exclamou Jorge, admirado. — Como surgiu assim tão de repente?

— Ora, um de vocês imaginou e ele apareceu — respondeu o velho.

— Bem, só podia ser uma pessoa — disse o garoto, olhando para Alice, que abria um sorriso de orelha a orelha.

— Eu sempre quis andar num camelo — disse ela, retraída.

— Você quer viver mesmo uma aventura! — brincou Zelão.

— Quero só ver aonde isso vai dar — disse Jorge.

— Ora, vai dar no lado de lá — disse o velho. — Não é esse o objetivo de vocês?

— Sim — disse a menina. — Precisamos deter os Trevosos.

— Temos de investigar logo — comentou o garoto.

— Até que enfim posso contar com vocês — disse Zelão.

— Mas, peraí! — disse Jorge, hesitante. — Se basta a gente imaginar as coisas, então vamos imaginar logo que tudo voltou ao normal, as histórias não somem mais e as pessoas se curaram da amnésia.

— Isso mesmo — concordou Alice. — A gente imagina, resolve tudo e aí eu já posso andar nesse camelo.

— Neca de pitibiriba — disse Zelão. — Se fosse assim, seria fácil. Só que não é! É preciso muita imaginação pra atravessar a realidade e ir ao outro lado, e, chegando lá, as coisas não funcionam como aqui. A gente só consegue imaginar alguma coisa porque ela já existe do outro lado, e a turma de lá nem sempre nos deixa penetrar em seus domínios. E tem mais: o País da Imaginação tem suas próprias leis e não há como quebrá-las.

— Como assim? — perguntou o garoto.

— Vou dar um exemplo — disse o velho. — Do lado de cá, tudo o que a gente joga pra cima, depois cai. É a lei da gravidade. Certo?

— Certo — concordou o Jorge.

— Pois lá não — disse Zelão. — Pode ficar flutuando, voando, ou até mesmo cair no chão.

— Não entendi — disse a menina.

— Não é pra entender mesmo — disse o velho.

— Vale tudo? — perguntou o garoto.

— Digamos que sim — respondeu Zelão. — Vou dar outro exemplo. Os bichos do lado de cá não falam. Do lado de lá sim, mas nem sempre. Depende.

— Mas depende do quê? — perguntou Alice, inquieta.

— Nem eu sei direito — disse o velho. — Mas não importa. Além do mais, na linha de fronteira os dois mundos se misturam, como água e açúcar, não dá pra separar um do outro. O importante é chegar do outro lado e vencer os Trevosos.

— E acho bom vocês se apressarem — disse o camelo, saindo de trás dos livros, para espanto das crianças.

— Estão vendo — disse Zelão. — Vocês já têm um aliado.

— Essa é boa — disse o garoto, admirado.

— Você morde? — perguntou a menina, meio ressabiada, ao animal, que se acercou deles.

— Claro que não — disse o camelo.

— Mas baba! — disse Jorge, vendo uma gosma pender da boca do bicho.

— Não se preocupem — disse o velho. — O importante é ele levá-los até o outro lado.

— E chegando lá o que a gente faz? — perguntou Alice, alisando o camelo.

— Bem, aí é com vocês — disse Zelão.

— Temos de encontrar o antídoto para neutralizar a ação dos Trevosos — disse o garoto.

— Sim, mas por onde começar? — disse a menina.

— Eu ajudo vocês — falou o camelo, piscando os olhos para o velho. — Sei como são as coisas do outro lado.

— Esse é só o primeiro passo — disse Zelão.

— Como assim? — perguntou Alice.

— Depois de deter os Trevosos, vocês terão de reescrever tudo que se apagou do lado de cá.

— E como faremos isso? — perguntou Jorge. — É impossível!

— O que os Trevosos comeram não dá pra gente recuperar — disse a menina.

— Vocês podem ir ao Arquivo da Terra e pedir uma nova cópia das histórias para as musas — disse Zelão.

— Puxa, que complicação! — disse Alice.

— Uai, você não queria viver uma grande aventura? — brincou o velho. E, voltando-se para o garoto: — É hora de mostrar que você é um bom detetive.

— Estou pronto — disse o camelo.

— Ah! — disse Zelão. — Eu estava me esquecendo. Acho bom vocês levarem algumas coisas.

— Pra quê? — perguntou Jorge.

— Ora, vocês vão fazer uma viagem, ou não vão?

— Tem razão — disse a menina. — Precisamos pegar nossas mochilas (p. 80).

# Caminhos

Jorge girou o círculo até a letra *cê*, depois retornou à letra *a*, em seguida foi a *eme, i, ene, agá, o* e, por fim, a letra *esse*, formando a palavra *caminhos*. Girou a maçaneta, a porta produziu um som rascante e se abriu.

— Graças a Deus! — exclamou a menina.
— Vamos — disse Jorge.

Adentraram um largo vestíbulo de onde se podia ver uma escada que subia em espiral a se perder de vista. Não havia o que fazer senão enfrentá-la. Os dois amigos se entreolharam, conformados, e sem delongas iniciaram a escalada. Depois de subir inumeráveis degraus, já cansados e ofegantes, chegaram a um patamar que apontava para duas escadas, uma para a esquerda, outra para a direita. Era uma bifurcação.

— E aí? — perguntou o menino. — Qual escolhemos?
— Temos de nos separar — respondeu Alice. — Cada um vai para um lado.
— Acho melhor ficarmos juntos — disse Jorge.
— Tá com medo? — zombou ela.
— Claro que não — disse ele. — É uma questão de estratégia. Onde vamos nos encontrar depois? E se nos perdermos um do outro? Quem garante que essas escadas nos levam mesmo à caixa de escuridão?

— Tá legal — concordou Alice.

Pegaram a escada da direita e subiram, subiram, subiram, até que atingiram um novo lance do qual se originava outras quatro escadas. Escolheram uma delas e continuaram a caminhar, desconfiados. Alguns degraus acima deram com outro patamar de onde nasciam dezesseis escadas. Novamente, optaram por uma e logo chegaram a um novo lance, onde encontraram trinta e duas escadas.

— Isso aqui é um labirinto vertical — disse o menino. — Não chegaremos nunca lá em cima.

— Tem razão — disse a menina, desconsolada. — São caminhos e mais caminhos. Vamos voltar e tentar a outra porta. Estou exausta...

— Eu também — comentou Jorge. — Mas não vamos desistir justo agora. Ânimo! Pra descer todo santo ajuda...

— Mas e se estivermos no caminho certo?

— Temos de arriscar.

Finalmente, depois de uma penosa descida, viram-se de novo diante das três portas da torre. Optaram pela das <u>soluções</u> (p. 138). Afinal, era o que estavam buscando.

# Caverna

Alice e Jorge penetraram na caverna. Logo na entrada, deram com blocos de estalactites e estalagmites que reluziam com a claridade vinda de fora. Mas, ao se aprofundarem em seu interior, a escuridão foi crescendo até se tornar total. O garoto então acendeu a lanterna que trazia na mochila.

— Ainda bem que seu Zelão deu essa lanterna pra gente — comentou ele.

— É, essas pontas machucam — disse a menina, indicando uma formação de rocha diante deles.

— Tá ficando frio aqui — disse Jorge.

— Espero que esses Trevosos não estejam muito longe — disse Alice.

— Eu também.

Caminharam vagarosamente, ouvindo o ecoar estalante de seus passos no chão arenoso até que, de repente, deram num grande pavilhão com uma fenda no teto da qual vazavam, como uma claraboia, os raios de Sol, clareando ao redor as paredes de rochas erodidas pelas águas.

— Que estranho — disse o garoto, apagando a lanterna.

— Isso é que se chama de garganta — disse a menina. — Li várias reportagens sobre espeleologia.

— Espê o quê? — engasgou ele.

— Espeleologia — repetiu ela. — Estudo e exploração de grutas e cavernas.

— Veja! — disse Jorge, apontando para duas sombras ao lado de uma pedra. — O que é aquilo?

— Devem ser sombras daqueles blocos ali atrás — disse Alice.

— Estão se mexendo, como se respirassem — contestou o garoto.

— Ora, são as nossas próprias sombras — disse ela.

— Estamos parados — lembrou Jorge.

— É mesmo — concordou a menina. — Será que...

— Sim, acho que são dois Trevosos — arriscou ele.

— Tomara — disse a menina. — Assim resolvemos logo o caso.

— Venha, vamos ver de perto.

Aproximaram-se das sombras que se moviam, como se fossem galhos de uma árvore ao vento.

— Ei, vocês são Trevosos? — perguntou Jorge.

Mas não obteve nenhuma resposta.

— Peraí — disse Alice. E abriu devagarzinho a boina encantada de Zebedel para que saísse um pouco de Vento do Silêncio.

— E então? — disse o garoto. — Vocês são Trevosos?

As sombras se agitaram com o Vento do Silêncio libertado em sua direção. E de uma delas veio o som gutural:

— Simsomostrevosos.

— O que disse? — perguntou a menina. — Não sei o que lá trevosos!

— Oquevocesqueremdenós? — disse a outra sombra.

— Piorou — disse Alice. — Parece que falam alemão.

— Calma — disse o garoto. — Lembre-se do que disse Zebedel: o Vento do Silêncio gruda as palavras. Os Trevosos estão emendando uma palavra na outra.

— Bem lembrado — disse ela. — Por isso eu não tava entendendo.

— Estão perguntando o que queremos deles — disse Jorge.

— Espero que entendam mesmo a nossa língua — disse a menina. E começou a contar o que andava acontecendo do outro lado, onde as letras não brotavam num rio, mas eram escritas pelos homens e constituíam a base de sua linguagem. O mundo de lá corria perigo e, se desaparecesse, o País da Imaginação também se extinguiria.

— Minhanossaquebagunça — disse um dos Trevosos, quando ela terminou a narrativa.

— Acoisaficoupreta — resmungou o outro.

Familiarizando-se rapidamente com o jeito daquelas criaturas falarem grudando todos os fonemas numa só palavra, os dois jovens se aproximaram corajosamente delas.

— Precisamos trazer os Trevosos de volta pra seu mundo e acabar com o problema — disse Jorge. — Como pode fazer isso?

— Existe uma autoridade entre vocês, um chefe, que pode ir buscá-los? — perguntou Alice.

— Somossombrassemgoverno — disse um dos Trevosos ali.

— Cadaumfazoquebementende — completou o outro.

— Então estamos perdidos? — perguntou o garoto, apreensivo.

— Elesdevemestarcommuitafome — disse uma das sombras, agitando-se.

— Sim — concordou a menina. — E a fome deles vai acabar com o mundo e com vocês também.

— Exsteumjeit — disse o outro Trevoso.

— Esse aí está falando diferente — comentou Alice.

— Estão faltando algumas vogais — disse Jorge. — Acho que ele não comeu muitas.

— Vou soltar o resto de Vento do Silêncio — disse ela. E abriu a boina encantada, que imediatamente murchou.

— Pronto — disse o garoto, vendo as sombras se moverem com o sopro do vento — Se existe um jeito de solucionarmos o caso, qual é?

— Acaixadeescuridão — responderam os dois Trevosos.

— Caixa de escuridão? — perguntou a menina, inquieta. — O que é isso?

— Umacaixaqueengoleagente — respondeu uma das criaturas.

— Bastabrirquela — disse outra, e parou de repente.

— Tão faltando letras de novo — disse Jorge. — Basta abrir que ela...?

— Puxaostrvosopraescurdão — emendou a primeira sombra, e se calou.

— Puxa os Trevosos para a escuridão — disse Alice.

— E onde encontramos essa caixa? — perguntou o garoto, afobado.

Mas os Trevosos, apesar de agitados, emudeceram completamente. E não havia mais vento na boina encantada para restabelecer a comunicação entre eles.

— E agora? — perguntou a menina, angustiada.

— Já sei — disse Jorge. Abriu a sua mochila e tirou de dentro dela as letras que havia colhido no rio. Colocou-as diante das sombras e disse para Alice: — Talvez possam responder, escrevendo no chão com essas letras.

— Boa ideia — disse ela, esperançosa. — Espero que dê certo.

— Então, onde encontramos essa caixa? — perguntou novamente Jorge.

Um dos Trevosos se movimentou como os galhos de uma árvore na ventania, curvou-se para o montículo de letras cintilantes e começou a ordená-las.

— Graças a Deus — disse o garoto. — Ele está respondendo...

— Zebedel atrasou a gente — disse a menina. — Nem precisávamos ter procurado o Vento de Silêncio.

— O que ele está escrevendo? — perguntou Jorge. — Não entendo!

— Parece que faltam letras — respondeu Alice. E, como as letras faiscavam, coloridas, dificultando a interpretação, a menina pegou na mochila o caderno e o lápis e anotou numa folha o que a sombra escrevera.

t rre  d s  segred s

— O que será isso? — disse o garoto.

— Não sei — disse ela. — Acho que falta alguma vogal.

— Pode ser — concordou ele.

A sombra se movimentou com veemência, confirmando que eles estavam certos.

Os dois jovens então se puseram a preencher os espaços que faltavam com vogais diferentes, até que Alice disse:

— Deve ser a letra "o" que falta.

— Então a resposta é Torre dos Segredos — completou Jorge.

Os dois Trevosos se mexeram em sinal afirmativo.

— Mas onde fica essa torre? — perguntou a menina. — Continuamos sem solução.

Uma das sombras agrupou logo as letras no chão e escreveu:

**n vens**

— Nas nuvens! — exclamou o garoto.

— Sim, mas e daí? — perguntou Alice, impaciente. — Vocês não estão ajudando muito.

— Tudo bem — disse Jorge. — É uma torre que fica no meio das nuvens. Mas como fazer pra chegar lá?

Os dois Trevosos então se juntaram na tarefa de responder à pergunta e escreveram o seguinte:

**geni das ág as**

A menina reproduziu no caderno aquelas palavras incompletas e foi a sorte deles. Porque, em seguida, as duas sombras, num impulso incontrolável, atiraram-se sobre as letras e as engoliram de uma só vez, sumindo velozmente pela escuridão da caverna.

— Deus, você viu? — disse Alice, espantada.

— São uns mortos de fome — comentou Jorge.

— Estamos num beco sem saída de novo — disse a menina, suspirando.

— Nada de desânimo — disse o garoto. — Pelo menos já sabemos que temos de ir a essa tal Torre dos Segredos.

— Sim — concordou ela, reanimando-se. — E lá encontraremos a caixa de escuridão para recolher os Trevosos de uma vez por todas.

— Exatamente — disse ele — Mas como?

— Descobrindo o que está escrito aqui — disse Alice, sacudindo o caderno com suas anotações.

— Tudo bem — disse Jorge. — Mas primeiro vamos sair dessa caverna.

Os dois retornaram à claridade da Serra Quieta e sentaram-se à sombra de uma árvore. Tentaram completar com várias vogais as últimas palavras que os Trevosos haviam escrito antes de devorarem as letras e sumirem. A menina chegou a uma conclusão:

— Deve ser Gênio das Águas — disse ela. — É o mais provável.

— Tá certo — disse o garoto. — Mas não refresca nada. Se Zebedel ainda estivesse por aqui, poderia nos dar alguma dica.

— Falando em refrescar, estou com a boca seca — disse a menina.

Pegou o cantil para saciar a sede e, quando abriu a tampa, levou o maior susto, pois de dentro dela saiu, inesperadamente, uma criatura azulada, transparente, como se envolta numa membrana rígida de água.

— Sim, amo — disse o estranho ser a ela.

— Quase tenho um enfarte — disse Jorge, atônito com a aparição.

— Quem é você? — perguntou Alice à criatura.

— O <u>Gênio das Águas</u> (p. 63) — respondeu ele — Às suas ordens!

# Certeza

— Ora, chega de suspense — disse Jorge. — Conta logo.

— Eu também gostaria de descobrir quem foi o responsável pela desordem em que vivemos até há pouco — respondeu Zelão. — O pessoal do lado de lá me convocou pra ajudar a resolver o problema, mas ninguém me explicou direito as coisas.

— Achei que estava me fazendo de bobo — disse o garoto. — Só que pelo jeito o senhor não sabe nada mesmo...

— Você é que é o aprendiz de detetive — disse Zelão. — Além do mais, parece ter o mesmo talento de seu pai pra contar histórias. Não é possível que não tenha descoberto algumas pistas em sua viagem ao País da Imaginação. Acho que no fundo você sabe quem é o verdadeiro responsável.

— Eu?

— Pois é, veio atrás de mim só pra confirmar — disse o velho. — Mas eu nem imagino quem foi...

— Bem, tenho as minhas suspeitas — disse Jorge. E se calou. O Anjo da Verdade estava na caixa em seu bolso e poderia confirmar sua versão, antes que o devolvesse à Torre dos Segredos.

— Desembucha, garoto — disse seu Zelão. — Agora eu é que estou interessado. Vamos, explique logo quem, na sua opinião, foi o <u>responsável</u> (p. 115) por essa bagunça toda!

# Confusão

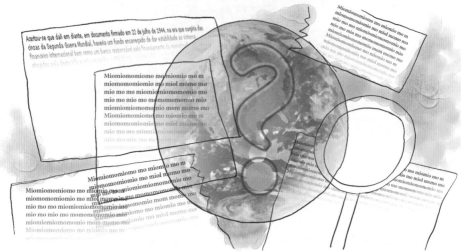

Rapidamente o fenômeno ganhou proporções e efeitos globais. No mundo inteiro, folhas de revistas desapareciam, notícias de jornal descoravam, pedaços de cartas de amor sumiam, soldados se esqueciam de partes do hino nacional, *sites* na Internet não se completavam nas telas, professores à lousa perdiam o fio da meada e deixavam os alunos cheios de dúvidas sobre a matéria. O espanto crescia em cada esquina, formando um coro de vozes assustadas:

— Cadê o bilhete que estava aqui?
— Sumiu. Só ficou o papel.
— A data de nascimento evaporou de minha identidade.
— Aquela placa está sem dizeres. Será que é proibido ou não estacionar aqui?
— Uai, onde está o hospital? Não vejo nome nenhum nesses prédios.
— Esta receita está em branco, senhora. O médico não prescreveu remédio algum!?
— Qual o nome mesmo do presidente da república?
— Que presidente?
— Não acho o nome da rua no mapa.
— Onde foi parar aquela oração de São Longuinho pra gente encontrar coisas perdidas?

– Quem apagou o número do telefone que anotei ontem?

– Como? O cheque está em branco? E eu assinei!

– A marca do meu relógio sumiu.

– Que será que tem aqui? Xampu ou creme rinse?

– É ouro ou bijuteria? Não tem nada escrito...

Os telejornais traziam coberturas sobre as consequências para a paz no mundo. Choviam reportagens sensacionalistas, entrevistas com autoridades, paranormais, médiuns, pajés. E, durante as próprias transmissões, às vezes os canais saíam do ar, os repórteres se equivocavam, o som sumia e voltava, revelando que os meios de comunicação de massa também eram vítimas do inexplicável desaparecimento das palavras.

Mas, somente quando ouviu seu Jijo afirmar com voz trêmula que estavam perdidos, porque ninguém mais iria comprar os livros que ele escrevia, nem querer ouvir suas histórias, foi que Jorge entendeu a gravidade da situação. Nem lhe passava pela cabeça que o problema não se restringia à sua família, mas tinha gigantescas e funestas consequências para a ordem no mundo e o futuro da humanidade. Aquilo não era nada divertido. Sabia que autoridades em todos os cantos do planeta estavam procurando a origem daquele distúrbio e estudando soluções para dirimi-lo, mas sentia-se receoso com o rumo dos acontecimentos e precisava dividir as suas inquietações. Podia falar com <u>Marinho</u> (p. 74), seu irmão, que estava como sempre dedilhando sua guitarra, ou ir à casa de <u>Alice</u> (p. 17).

# Corda

Por sorte, haviam pego a corda. Jorge foi buscar o camelo para colocar em ação o seu plano. Não tardou e os dois reapareceram. Com a ajuda de Alice, o garoto amarrou uma ponta da corda na porta que se abrira parcialmente no rochedo e fez um laço com a outra, colocando como um colar no pescoço do animal.

— Acho que não vai dar certo — disse a menina. — Camelo tem resistência pra suportar o clima do deserto, mas não força...

— Mais que nós dois juntos, ele tem — disse o garoto.

— Sobrou pra mim — reclamou o camelo. — Lá vou eu pegar no pesado.

— É por uma boa causa — disse Jorge, pedindo ao bicho que puxasse a pedra.

Depois de algumas tentativas, a porta finalmente cedeu. Às pressas, os dois amigos agradeceram o camelo pela ajuda e se enfiaram pela cavidade em meio à pedra. Lá dentro reinava a escuridão, mas eles nem tiveram tempo de acostumar os olhos ao negrume: foram imediatamente sugados por uma força que os fez girar como se estivessem dentro de um liquidificador funcionando. Caíram e se sentiram em seguida a bordo de um trem-fantasma que sacolejava adoidado, para lá e para cá, subindo e descendo vertiginosamente como numa montanha-russa.

— Essa máquina do tempo é da era dos dinossauros — gritou a menina. — Podia ser mais confortável.

— Está me revirando o estômago — concordou o garoto.

Por fim, foram atirados no pavilhão de uma caverna, cujo teto era vazado pela luz do sol.

— Ufa! Que loucura! — comentou Alice, recompondo-se.

— Pensei que fosse vomitar — disse Jorge, ainda zonzo. E notou que, com os solavancos, seu frasco com a poção do amanhã havia se quebrado e manchara toda a sua mochila.

A menina tentou consolá-lo, dizendo que talvez não fossem precisar mesmo daquele líquido mágico.

— Veja — completou ela e apontou para uma saída que revelava parte de uma serra azulada avultando lá fora.

Saíram da caverna e circularam a fileira de árvores floridas que a ladeava, de variadas espécies, bem distintas da monotonia das tamareiras.

— Acho que conseguimos — disse Alice. — Deve ser a <u>Serra Quieta</u> (p. 127).

# Cristal de luz

— Vamos procurar logo um cristal de luz — disse Jorge. — O Rio das Letras está aí do lado. Acho que vai ser mais fácil.

— Também acho — disse Alice. — Pelo menos não é como o vento que a gente nem vê.

— Então venham comigo — disse Zebedel. — Conheço o caminho das pedras. Ou melhor, dos cristais. Não é em qualquer trecho do rio que eles existem.

O gnomo então partiu em direção ao Rio das Letras, sendo seguido pelos dois amigos. Chegaram a um ponto onde as margens eram estreitas e, em meio às letras reluzentes, se podia ver o fundo de areia escura.

— Pronto, aqui dá vau — disse Zebedel.

— Dá o quê? — perguntou o garoto.

— Dá pé — respondeu o gnomo. — Não é fundo, vocês podem entrar andando, as letras vão chegar no máximo até seus joelhos.

— Tudo bem — disse a menina. — Mas como vamos garimpar?

— Com as mãos mesmo — disse Zebedel, metendo as canelas no rio. — É melhor procurarmos no meio daqueles pontos escuros, onde há um emaranhado de letras, ali sempre tem cristais de luz.

— Ora, como é que você sabe? — duvidou Jorge.

— Vivo por aqui e sei como nascem esses cristais — respondeu o gnomo. — A luz do sol ou da lua bate na superfície do rio e, como aqui é raso, alguns raios, mais atrevidos, vão até o fundo e às vezes ficam presos nas letras lá embaixo.

— Sei — disse Alice. — E daí?

— Daí não conseguem escapar e vão se cristalizando no lodo — disse Zebedel. — Como pedras preciosas incrustadas num anel.

— Interessante — comentou o menino. E, vendo algo brilhando em meio às letras transparentes do rio, apontou: — Será que não é um cristal de luz?

O gnomo se dirigiu para o local indicado, mergulhou a mão e, depois de apalpar por alguns instantes, anunciou:

— Sim, é um cristal. Mas está difícil arrancar.

— Caramba — resmungou a menina. — Que dificuldade!

— Precisamos de algo com ponta — disse Zebedel.

— Um canivete serve? — perguntou Jorge.

— É perfeito — disse o gnomo.

— Você não pegou um lá na casa do seu Zelão? — perguntou Alice para o garoto, enquanto procurava em suas coisas.

— Eu?

— É!

— Será que eu peguei mesmo? — comentou ele, remexendo em sua mochila.

— Já nem me lembro mais — disse ela. — Estamos há algumas horas no País da Imaginação e parece um século.

— Também estou meio atordoado — disse o garoto. — Será que sumiu?

O gnomo os observava, impaciente. Se eles realmente tinham um canivete poderiam ir <u>adiante</u> (p. 12) e apanhar o cristal de luz, senão era <u>hora de improvisar</u> (p. 65).

# Culpado

— Vamos, diga logo! — pediu o garoto, inquieto.
— O responsável é seu Jijo — respondeu o velho.
— Meu pai? — disse Jorge, incrédulo. — Não acredito.
— Sim, senhor — afirmou Zelão, convicto. — Foi ele quem trouxe os Trevosos de lá.
— Mas como? — perguntou o garoto, atônito com a inesperada revelação.
— Ora, seu pai é um escritor — disse o velho. — De onde você pensa que ele tira as histórias que conta? Ele vai buscá-las no País da Imaginação, lá no Arquivo da Terra...
— Até aí tudo bem — disse Jorge. — Mas como você sabe que foi ele?
— Ele mesmo me contou — respondeu Zelão. — Andava insistindo para que as musas lhe entregassem uma história de aventuras, mas elas se negavam. Como você sabe, Mnémose só nos concede o que merecemos.
— E daí? — insistiu o garoto.
— Daí que seu pai resolveu dar um giro por aquelas bandas, em busca de inspiração, e foi parar na Serra Quieta. Descobriu um grupo de Trevosos ali no Rio das Letras e o trouxe pra cá. Desrespeitou as leis. Ninguém pode trazer nada que é do outro lado pra cá, exceto

histórias. Mas ele não é o único culpado. Aliás, seu pai nem sabe que os Trevosos foram se reproduzindo e comendo letras por aí, ele os guardou muito bem numa gaveta de seu escritório e ia levá-los de volta.

Jorge não estava acreditando naquela história. Enfiou a mão no bolso, tirou de dentro dele a caixa onde prendera o Anjo da Verdade e, imediatamente, abriu-a.

– Tal pai, tal filho – disse seu Zelão, ao ver o anjo sair e se pôr ao lado do garoto. – Você também pegou algo de lá que não devia. Terá de devolver.

Observando atentamente o rosto do velho, Jorge perguntou:

– É verdade ou mentira o que o senhor está me dizendo?

– A mais pura verdade – disse Zelão, com tranquilidade.

O anjo meneou a cabeça em sinal afirmativo, confirmando a veracidade da resposta.

– E tem mais – disse o velho. – Sabe quem soltou os Trevosos?

– Não – disse Jorge.

– Você – respondeu Zelão.

– Eu?

– Exatamente. Você e sua amiga.

– Alice!?

– Pois é – confirmou seu Zelão. – Está certo que foi sem querer, mas se vocês não fossem mexer onde não são chamados, nada disso teria acontecido.

– Como assim? – perguntou o garoto. – Não estou entendendo.

– Esqueceu que um dia antes de começar a bagunça, você e Alice andaram revirando as gavetas do escritório de seu pai?

– Fomos procurar um atlas pra fazer a lição de casa – respondeu Jorge.

– Os Trevosos estavam lá dentro no escuro e morreriam de fome porque não havia letras pra eles comerem – disse o velho. – Mas vocês deixaram a gaveta aberta...

Jorge mirou o Anjo da Verdade e ele novamente confirmou que Zelão não mentia.

– Por isso, vocês foram os escolhidos pra resolver a situação – continuou o velho. – Afinal, quem faz a burrada, tem de desfazer.

E completou:

— Pronto! Já contei o que você queria saber. Agora acho bom recolher esse anjo e devolvê-lo ao País da Imaginação.

O garoto ficou mudo e pensou um momento nas vantagens de ter um anjo como aquele ao seu lado. Ninguém poderia enganá-lo. A verdade estaria em suas mãos. Mas, como se lesse seu pensamento, Zelão esbravejou:

— Nem pense nisso, rapaz. Me dá aqui essa caixinha.

Jorge entregou-a sem resistência e o velho recolheu o anjo em seu interior.

— Vou do lado de lá, até a Torre dos Segredos, devolver essa caixinha — disse ele, e foi enveredando pelo matagal às escuras. — E você vá descansar. A confusão acabou.

O garoto deu meia volta e se foi para casa. Apesar da fadiga, sentia-se realizado. Vivera uma aventura tão incrível que daria até para escrever um livro. Quando crescesse e aprendesse melhor com seu Jijo a arte de narrar, iria pôr tudo no papel. As musas o ajudariam. Já tinha até o nome: *Ladrões de histórias*. Mas, por enquanto, queria mais é que o dia chegasse ao fim (p. 62).

# Deserto

— Parece mais uma praia — disse a menina. — Que tal irmos até aqueles coqueiros?

— É, acho melhor — disse o garoto. — O sol está ardendo pra valer.

— Vocês não viram nada — disse o camelo, indo na direção indicada. — No deserto, durante o dia, a temperatura chega a cinquenta graus. À noite, cai abaixo de zero.

— Poxa, já pensou se a gente estivesse num deserto? — disse Alice. — Seria um barato...

— Será que os desertos do País da Imaginação são iguais aos nossos? — perguntou Jorge.

— Alguns sim, outros não — respondeu o camelo. — E as praias também.

— Espero estar numa delas — disse o garoto. — Com esse calor, já pensou tomar uma água de coco fresquinha?

— Eu adoro quebrar ondas — disse a menina.

— Vocês nem começaram a procurar os Trevosos e já querem sombra e água fresca.

— Tem razão — disse o garoto. — Precisamos encontrá-los. Será que estamos indo na direção certa?

— Acho bom vocês darem uma olhada no mapa — disse o camelo.

— Uai, você não vive desse lado? — perguntou Alice.

— Vivo — respondeu o camelo. — Mas não conheço esse lugar. As dunas de areia são muito parecidas.

— Talvez a gente ache alguma pista lá nos coqueiros — disse o garoto.

— Aqui não vamos encontrar ninguém mesmo — concordou a menina.

— Tô vendo que a gente vai ter de se virar sozinho — cochichou Jorge no ouvido dela.

O camelo seguiu, lentamente, pela longa montanha de areia. O Sol ardia no céu como uma abóbora redonda fervilhante. Depois de quase uma hora de caminhada, Alice apontou para o que lhe pareceu ser o mar quebrando à esquerda dos coqueiros e anunciou, orgulhosa:

— Praia à vista!

— Legal — disse o garoto. — Se esse for o Mar de Letras, talvez os Trevosos estejam por perto.

— É, quem sabe eles não venham aqui atrás de comida. Ou melhor, de palavras — disse a menina.

— Vocês estão enganados — disse o camelo. — Não existe mar nenhum ali.

— Como não? — disse o garoto, com ar de desafio. — Vejo perfeitamente as ondas se agitando lá na frente.

— Estamos num deserto — afirmou o animal. — É a luz do Sol que ilumina os cristais de areia do chão e produz esse efeito.

— Não pode ser — disse Jorge.

— Pode sim — disse Alice, que lera muito sobre expedições no deserto do Saara em suas revistas da *National Geographics*. — Deve ser uma miragem.

E, quando se acercaram mais, viram que não havia mar nenhum, nem de água nem de letras. Desceram do camelo e se sentaram sob a sombra das árvores que descobriram ser tamareiras.

— De longe, pareciam coqueiros — disse o garoto.

— São plantas da mesma família — disse a menina, exibindo seus conhecimentos.

— Estamos num oásis — disse o camelo.

— Espero que também não seja uma miragem — comentou Jorge, o rosto afogueado pelo calor.

— É, a gente pode esperar de tudo neste mundo imaginário — disse Alice.

— E agora? — perguntou Jorge. — O que vamos fazer?

— Boa pergunta — disse ela. E abriu o mapa que Zelão lhe dera a fim de localizar onde estavam. Havia dezenas de praias, montanhas, planícies, florestas, bosques e uma longa extensão de deserto pontuada por inúmeros oásis.

— Se descobrirmos que oásis é esse, saberemos onde estamos e poderemos nos orientar pelo mapa — disse Alice.

— É uma boa ideia — disse o camelo.

— Tem alguma indicação dos Trevosos aí? — perguntou o garoto.

— Sim — respondeu ela, estendendo-lhe o mapa. — Veja ali no canto, está escrito Aldeia dos Trevosos.

Puseram-se então a procurar alguma pista que revelasse que oásis era aquele, mas nada encontraram. Alice então achou que deveriam se embrenhar pela vegetação adentro. Deixaram o camelo ali, à solta, beberam água do cantil e se meteram em meio às tamareiras. Depois de caminhar algum tempo, sem muita esperança, desembocaram num vale, ladeado por uma ruidosa <u>cachoeira</u> (p. 24), um <u>rochedo</u> (p. 120) de pedra e, ao centro, uma tosca <u>ponte</u> (p. 103) de madeira. Que direção deveriam seguir?

# Desistir

— Acho melhor a gente desistir — disse Jorge.
 — Desistir? — disse o Anjo da Verdade — Quem não vai deixá-los desistir agora sou eu. Quero pôr essas histórias a limpo. Vamos <u>em frente</u> (p. 59).

# De volta

Alice retornou à sala da casa de Zelão e a encontrou deserta e mais bagunçada. Segundos depois, Jorge se materializou ao seu lado. A situação havia piorado. As páginas dos livros empilhados no chão estavam em branco, o nome dos dias da semana havia sumido do calendário, não se via sinal algum de palavras ao redor.

— Será que chegamos a tempo? — disse a menina.

— Espero não morrer na praia — disse o garoto.

Então, ouviram o som de buzinas e correram à janela. O caos se espalhara pelas ruas: as pessoas andavam de lá pra cá, como formigas bêbadas, gesticulando e gritando, numa babel de vozes.

— Temos de correr — disse Jorge.

— O mundo está por um fio — concordou Alice, e saiu, trazendo o amigo em seu encalço.

Abriram a caixa de escuridão para capturar os Trevosos e, mal cruzaram o jardim da casa tomado pelo mato e pelas ervas daninhas, viram no céu uma nuvem negra, zumbindo como gafanhotos, deslocando-se velozmente em sua direção.

— Acho que vai dar certo — disse a menina. — É um bando de Trevosos. — E segurou firme a caixa de escuridão.

A nuvem se aproximou, veio baixando e, depois, atraída pela caixa como se por um aspirador, foi sugada de uma só vez, glub!

— Nossa, como couberam tantos Trevosos nesta caixinha? — perguntou o garoto, estupefato. — Parece um buraco negro...

— Isso não é nada — comentou Alice, colocando a caixa de escuridão sobre o muro. — Olha lá!

Outras nuvens de Trevosos vinham a mil por hora de todas as direções e eram tantas que, por uns minutos, encobriram inteiramente o Sol.

— Pelo jeito tinha mais Trevosos do lado de cá do que no País da Imaginação — disse Jorge.

E eles continuaram a vir, agora em grupos menores, dispersos, às vezes em duplas ou solitários, imantados pelo poder de atração da caixa, como borboletas enlouquecidas pelo pólen das flores. Gradativamente foram rareando até que, sem mais nem menos, a tampa da caixa de escuridão se fechou sozinha.

— Acho que pegamos todos — suspirou o garoto.

— Estava mais que na hora — disse a menina. — Foi uma aventura e tanto, mas cansei!

— Se a gente contar, ninguém vai acreditar — disse Jorge.

— Missão cumprida — comentou Alice. — Amanhã, a gente devolve a caixinha ao País da Imaginação. Por hoje, chega!

— Vamos pra casa — disse Jorge, abrindo o portão.

— Vamos — disse a menina.

Então ouviram a voz de Zelão que atravessava o matagal, saltando como um cabrito:

— Parabéns, crianças! Vocês conseguiram.

— Xi, lá vem mais um rabo de foguete — disse o garoto.

— Não seja ingrato — disse Alice. — Se não fosse a ajuda do seu Zelão, a gente não tinha ido a lugar nenhum.

— É, mas...

— Onde vocês estão indo? — perguntou o velho, sorridente.

— Descansar — respondeu Jorge. — Acho que merecemos. Afinal, acabamos de prender os Trevosos.

— Quero ver se a minha mãe recuperou a memória — disse a menina.

— O mundo já está nos eixos de novo — disse o garoto.

— Aí é que vocês se enganam — disse Zelão. — O primeiro desafio foi vencido: vocês prenderam os Trevosos. Mas falta o segundo: reescrever tudo o que foi apagado.

— Tá brincando — zombou Alice.

— Pra mim chega — disse Jorge.

— Vocês se esqueceram do Arquivo da Terra? — perguntou Zelão.

— Que arquivo? — perguntou o garoto, aborrecido.

— Onde estão guardadas todas as histórias que nascem no Mar das Letras — respondeu o velho.

— Não faço questão de lembrar — disse a menina.

— Se vocês não forem até lá, a confusão vai continuar — disse Zelão. — É preciso pedir às musas guardiãs uma cópia de todas as histórias e assim recuperar as partes que os Trevosos devoraram.

— Tô fora! — disse Alice.

— Eu também — concordou Jorge.

— Têm certeza? — perguntou o velho. — Quase tudo o que existia escrito no nosso mundo foi apagado.

— A humanidade pode começar uma nova vida — disse a menina.

— É, o que passou, passou — emendou o garoto.

— Não há futuro sem passado — disse Zelão.

— E se deixarmos como está? — perguntou Jorge.

— Estaremos perdidos!

— Veremos — disse Alice. — Isso é lorota. E, além do mais, estou desconfiada que foi o senhor que colocou o mundo nessa fria.

— Eu? — disse Zelão, os olhos esbugalhados.

— Ninguém do lado de lá sabia o que estava acontecendo aqui, tivemos de explicar a todos — disse o garoto. E arrematou: — Quem pode garantir que não foi o senhor que trouxe os Trevosos pra cá?

— Nunca imaginei que pudessem pensar isso de mim — disse Zelão. — Se não fosse eu, vocês não tinham ido a lugar nenhum.

— Tá legal — disse a menina. — Já fizemos a nossa parte.

— A decisão está na mão de vocês — disse o velho. — Se trouxerem a cópia das histórias, tudo volta ao normal. Se não...

Jorge e Alice se entreolharam e, por um instante, hesitaram. Se Zelão estivesse falando a verdade, como as coisas ficariam?

— É <u>pegar</u> (p. 97) ou <u>largar</u> (p. 69) — disse ele, parecendo ainda mais maluco.

# Diversão

No dia seguinte, como sempre, Jorge acordou cedo, tomou o café da manhã e passou na casa de Alice para irem à escola. Conheciam-se desde pequenos, quando dona Ziza e dona Julieta os levavam para passear em seus carrinhos de bebê. Eram a pólvora e o fogo, dizia seu Jijo, bastava se juntarem e lá vinha explosão. Aprontavam mil e uma: pulavam o muro de dona Dulcineia para roubar laranja, amarravam busca-pé no rabo dos gatos, embrulhavam cocô de cachorro em pacotes de presente e colocavam à porta dos vizinhos, fantasiavam-se de monstros e assustavam quem passava à noite pelas ruas escuras do bairro. No dia anterior mesmo, tinham entrado no escritório, onde seu Jijo escrevia, em busca de um atlas para fazer a lição de casa, e haviam deixado tudo fora do lugar. Mas, assim como gostavam da companhia um do outro, às vezes se desentendiam e se provocavam. Aquela manhã, estavam felizes, nem um pouco preocupados com o sumiço das palavras e as falhas de memória das pessoas. Jorge se divertira muito criando os diálogos que haviam sumido das revistas em quadrinhos.

— Os gibis deviam ser sempre assim — disse ele. — Aí eu podia completar com o que me viesse na cabeça.

— Você gosta mesmo de inventar histórias como seu pai — disse

Alice. E comentou que se sentira aliviada porque não tivera de ouvir o pai recitar o salmo 18 nem brigar com a mãe para mudar de canal, já que detestava novela.

— E o que você ficou fazendo? — perguntou o garoto.

— Vi um documentário alemão sobre o Tibet — respondeu ela.

— Caramba, onde fica isso?

— Na China.

— Esqueci que você sonha em ser aventureira — zombou Jorge.

— Ainda vou dar a volta ao mundo num veleiro — disse ela.

— Se cuida, Amyr Klink!

— Mas, de repente, as legendas em português desapareceram — disse Alice, voltando ao assunto do documentário.

— Daí você não entendeu mais nada!

— Fiquei só ouvindo e achei um barato.

— Não vejo graça — comentou Jorge.

— Parecia que as pessoas latiam — disse Alice, sorrindo. — Foi muito legal.

— E o seu irmão? — perguntou o garoto. — Minha mãe falou que ele tava louco da vida.

— É, o Túlio foi ao cinema com a namorada e parece que aconteceu o mesmo com o filme — disse a menina.

Ouviram então alguém que os chamava:

— Ei, me esperem!

Era Marinho, que ficava até altas horas da noite ouvindo música e pesquisando *sites* de grupos de *rock* no computador e não conseguia acordar cedo, saindo sempre de casa atrasado.

Mas aqueles episódios que os deixaram satisfeitos eram só o começo. Muitos outros, engraçados, esperavam por eles na escola, onde a farra foi geral. A primeira aula de Jorge e Alice era de Matemática, e o professor, que todos consideravam um crânio, errou várias vezes os cálculos para o delírio da galera e se embananou todo, confundindo a maçã que caíra na cabeça de Newton com uma melancia. Ninguém entendeu o que se passava com ele, mas se divertiram ao vê-lo em apuros, principalmente por ser severo na hora de dar notas.

— O cara pirou.

Em seguida, a professora de Inglês, que se gabava de ter morado "nos *States*", onde adquirira uma "pronúncia americana perfeita", no meio da aula começou subitamente a se expressar num inglês macarrônico, como se tivesse a língua travada, e perdeu o rebolado, recebendo uma vaia estrondosa.

— Uuuuuuuuuuuu!

Marcinha, uma garota que só usava roupas e acessórios de marcas famosas, sempre humilhando as colegas, virou alvo de zombarias, porque o V de Valentino de sua bolsa e o PC de Pierre Cardin de sua lapiseira haviam desaparecido misteriosamente.

— Aquela metida perdeu a pose — comemorava Alice.

— Dançou legal! — ria Jorge, feliz da vida.

No intervalo, viram que a bruxa estava mesmo solta, espalhando confusão por todos os lados. As palavras escritas nas placas sinalizando o banheiro de homens e de mulheres haviam sumido. Os garotos entravam na porta errada e eram expulsos aos gritos. As meninas também se enganavam e, como nunca haviam entrado no banheiro masculino, achavam engraçados os vasos presos às paredes onde eles urinavam em pé.

O alvoroço se espalhava feito praga. Nos livros de chamada, o nome de alguns alunos evaporou como água sob o sol de verão. Notas esvaneciam dos boletins. Abertos sobre as carteiras, os livros exibiam páginas com defeitos: nuns faltavam algumas palavras; noutros havia vazios inexplicáveis. O nome dos produtos químicos no laboratório havia se apagado, impedindo a realização de experiências. Na biblioteca, páginas inteiras das enciclopédias estavam em branco. Até no nome da escola bordado nos uniformes haviam desaparecido algumas letras.

A diretora e os professores se viram em polvorosa, sem saber o que fazer, e decidiram dispensar os alunos mais cedo.

— Beleza — festejou Marinho. — Vou tirar um som daqueles na minha guitarra.

Jorge e Alice também vibraram.

— Nem precisamos cabular aula — comentou ela.

— Nunca ri tanto! — disse ele.

Estavam adorando aquela grande confusão (p. 40).

# Em frente

Escolheram um barco e se meteram pelo leito do Rio do Esquecimento. Jorge e o Anjo da Verdade remavam na popa, e Alice ia à proa, indicando-lhes a direção. Estavam a favor da correnteza e logo avistaram a outra margem banhando uma cadeia de penhascos. Desembarcaram e seguiram por uma senda que terminava diante de uma imensa parede de pedra, ao pé da qual encontraram outra musa. Explicaram o motivo de sua presença ali e rogaram que lhes fosse permitida a passagem, a fim de que chegassem ao Arquivo da Terra.

— Não depende de mim – disse a musa. – Só com a palavra mágica vocês podem entrar.

— E que palavra é essa? – perguntou a menina.

— É a que aparecerá na coluna central desse quadro depois que vocês responderem a cada uma das perguntas – disse a musa.

E então eles notaram que, num canto da parede, havia um quadro formado por várias colunas com espaços que deviam ser preenchidos.

— É um tipo de palavras cruzadas? – indagou o garoto.

— Sim – respondeu a musa.

— E quais são as perguntas? – quis saber Alice.

— São sete – respondeu a musa. – Vejam aqui, ao lado do quadro.

Os três se aproximaram da pedra e leram silenciosamente as perguntas:

1. O que tem pernas mas não pode andar?
2. O que tem cabeça mas não pode pensar?
3. O que tem pé mas não pode andar?
4. O que tem língua mas não pode degustar?
5. O que tem orelha mas não pode ouvir?
6. O que tem nariz mas não pode cheirar?
7. O que tem dentes mas não pode morder?

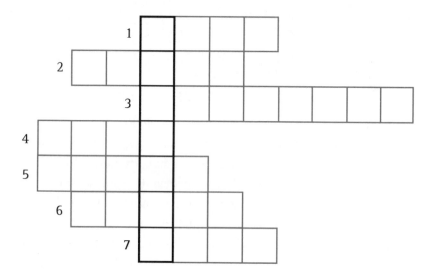

— Putz, estou boiando — disse Jorge.
— Uai? Cadê o nosso Sherlock Holmes? — disse a menina.
— Não é hora de provocação — comentou o Anjo da Verdade.
— É o fim da linha — disse Alice.
— Você não pode dar uma dica pra gente, não? — disse o garoto para a musa.
— Posso fazer uns desenhos aqui no chão — disse a musa. — O resto é com vocês.
— Tudo bem — disse Alice.

A musa pegou uma pedra e desenhou no chão sete figuras.

— Já sei — disse o garoto. — Cada desenho corresponde a uma resposta. Temos só que encontrar o par certo. Não é?

— Não digo mais nada — respondeu a musa.

Mas o Anjo da Verdade observara atentamente a musa quando Jorge fizera a pergunta e sabia que essa era a mais pura verdade.

— Mãos à obra — disse a menina.

Foram descobrindo cada uma das respostas e, transferindo-as para o quadro, encontraram a palavra _____ (p. 76), que abriu a parede e o caminho para chegarem ao Arquivo da Terra.

# Fim

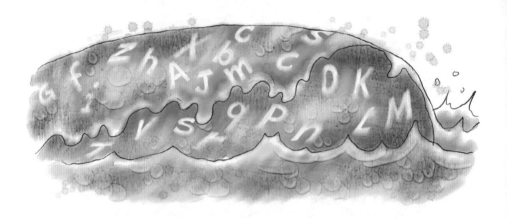

Toda história tem um fim. Às vezes, mais de um. Depois de nascer no meio das ondas do Mar de Letras e ser recolhida pelas musas numa garrafa, uma história vai para o Arquivo da Terra. Quem for buscá-la, e merecê-la, leva a fama de ser seu autor. Quando várias pessoas vão juntas até o País da Imaginação colhê-la, a autoria é coletiva, como neste livro *Ladrões de histórias*, que contou com a participação de Alice e Jorge, além da sua e da minha. Pois é, quem sou eu? Eu me chamo João Anzanello Carrascoza e, como seu Jijo, sou escritor. Para me abastecer, vou sempre ao Arquivo da Terra. Nem sempre as musas me dão a história que desejo, certamente por ordem de Mnémose. Mas já me entregaram algumas e me deixaram publicá-las com o meu nome na capa. Não que eu goste de aparecer, mas um livro sem o nome do autor dá a impressão de que foi atacado pelos Trevosos. Chegar lá é simples, o problema é cruzar o Rio do Esquecimento e não perder a memória. Sei como me aproximar da Cachoeira da Memória e me banhar em suas águas. E sei outras coisas que aprendi no País da Imaginação e um dia eu vou contar para você. Por hora, não tenho permissão. Certas histórias as musas não me deixam trazer para cá. Só me entregaram esta porque você estava comigo. E pra ficar um pouco mais em minha companhia, leia a <u>entrevista</u> (p. 157).

# Gênio das Águas

— Gênio das Águas? Maravilha! — disse Jorge — Espero que nos ajude a sair dessa enrascada.

— Estamos precisando mesmo — disse Alice.

— Mas como você veio parar dentro do cantil? — quis saber o garoto.

— Vivo nas águas do oásis de Tamerza — respondeu o gênio. — Quando encheram os cantis, acabei entrando e fiquei preso. Até que vocês me libertaram.

— E vamos ter alguma recompensa? — perguntou a menina. — Você pode realizar os nossos desejos?

— Posso — disse o gênio.

— Temos então direito a três pedidos? — perguntou o garoto.

— Infelizmente não — respondeu o gênio. — Só posso atender a um pedido. Fora da água, eu evaporo e meus poderes diminuem.

— Bem, na verdade precisamos que realize mesmo só um desejo — comentou Alice.

— E qual é? — perguntou o Gênio das Águas.

— Queremos que nos leve até a Torre dos Segredos — disse Jorge.

— Temos de apanhar lá a caixa de escuridão — completou a menina.

— Você é a nossa salvação.

— Estamos sem eira nem beira.

— E pra que vocês querem a caixa de escuridão? — perguntou o gênio.

— É uma longa história — respondeu Alice.

— Melhor resumir, senão, quando acabar, eu já terei evaporado inteirinho — disse o gênio.

Os dois jovens então contaram sucintamente o que estava acontecendo. Não viam a hora de retornar ao seu mundo, recolher os Trevosos comilões e acabar com a amnésia das pessoas e o sumiço das palavras.

— E aí? Você pode nos levar até essa torre? — perguntou o garoto.

— É pra já — respondeu o Gênio das Águas. E se transformou numa pequena nuvem sobre a qual Jorge e Alice imediatamente se acomodaram.

— Macio como espuma — disse a menina.

— Ooooba!

O gênio começou a subir devagarzinho em direção ao céu. Não tardou para chegarem a um ponto onde havia um imenso bloco de nuvens branquinhas como algodão felpudo, em meio ao qual resplandecia uma torre comprida cuja base apresentava três pesadas portas de ferro. Ali, o Gênio das Águas pousou suavemente para que os dois jovens descessem e disse:

— Bem, amigos, estou quase sumindo. Ainda bem que chegamos, preciso me reabastecer de água. — E, antes de mergulhar nas nuvens, completou: — Pronto, o desejo de vocês está realizado: essa é a <u>Torre dos Segredos</u> (p. 143). Boa sorte!

# Hora de improvisar

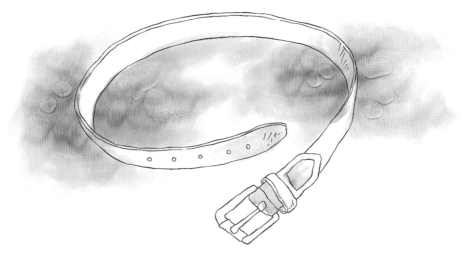

— Não estou achando o canivete — disse Jorge — Acho que perdi...

— E você ainda quer ser um detetive — disse Alice, provocando.

— Bem, se não temos um canivete, temos de improvisar — disse Zebedel.

— Sim, mas com o quê? — quis saber o garoto.

— Sei lá — disse o gnomo. — Precisamos de algo com ponta.

Enquanto Zedebel procurava no fundo do rio, que ali dava pé, alguma pedra pontuda que pudesse servir para arrancar o cristal de luz, os dois jovens circulavam as suas margens, tentando também encontrar alguma solução. Mas, como as buscas não avançavam, a menina sugeriu que usassem a enorme fivela que o garoto trazia no cinto.

— É uma boa ideia — concordou o gnomo.

— Mas assim vai estragar meu cinto — negou Jorge.

— É por uma boa causa — disse Alice e zombou: — Tá com medo que sua calça caia?

— Engraçadinha!

Mas, apesar dos protestos, o garoto cedeu. E Zebedel se meteu a cavoucar o fundo do rio com a fivela de seu cinto. Depois de umas tantas tentativas, eis que o gnomo deu um assovio e, retirando as mãos cheias de letras grudadas, mostrou o cristal de luz que cintilava ao sol.

— Viva! — gritaram os dois jovens.

— Deixa eu ver — pediu o garoto.

E recebeu o cristal do gnomo. Colocou-o diante dos olhos, mirou na direção da menina que sorria e viu sobre a cabeça dela, como num balão de história em quadrinhos, os dizeres: "Viu, se não fosse minha ideia, a gente não teria conseguido...".

— Dá pra ler mesmo os pensamentos! — exclamou ele. E provocou: — A ideia foi sua, mas o cinto era meu.

— E eu? — disse Zebedel, devolvendo o cinto a Jorge. — Não fiz nada, não?

— Você nos salvou — disse Alice.

— Ainda não — disse o gnomo.

— Tem razão — disse ela. — É hora de entrarmos na caverna.

Caminharam em seguida até a boca da caverna, onde se despediram de Zebedel, agradecendo a sua colaboração. E foram ao encontro dos Trevosos (p. 145).

# Invasão

— Vamos em frente — disse Jorge. — Quem essa musa pensa que é?

E se puseram a correr em direção à entrada do *canyon*. Mas não adiantou bulhufas. Bateram com o nariz na imensa parede da rocha. Tinham de avançar, mas como transpor aquela barreira?

— É impossível, crianças! — gritou a musa. — Ninguém chega ao Arquivo da Terra sem a minha permissão.

Derrotados pela tentativa vã, os dois retornaram, constrangidos, à guarita, sem saber como convencer a sentinela.

— Bem — disse ela —, se vocês se contentarem com uma história, posso providenciar já! É assim que as coisas funcionam por aqui.

Alice e Jorge permaneceram mudos.

— Se quiserem, dou uma ordem, a rocha se abre e, depois de atravessar o Rio do Esquecimento, uma das nossas musas entregará uma história bem legal pra vocês levarem pro outro lado. Ainda agorinha acabamos de dar uma pro seu Zelão.

— Você conhece o seu Zelão? — perguntou a menina, intrigada.

— Claro — respondeu a musa. — Ele vem sempre aqui.

— Então você deve conhecer também o meu pai — disse o garoto. — Ele é contador de histórias.

— Seu Jijo? — perguntou a musa.

— Sim — respondeu o garoto, admirado. — Como você sabe?
— Ora, ele também vive perambulando pelo País da Imaginação. E você é a cara dele.
— Então deixe a gente entrar — disse Jorge.
— Já disse que deixo, mas vocês só poderão levar uma história — respondeu a musa. E, ainda assim, vão esquecer que estiveram no Arquivo da Terra, porque terão de passar pelo Rio do Esquecimento.
— Não tem outro jeito? — perguntou a menina.
— Não — respondeu a musa.
Alice chamou Jorge de lado e novamente se puseram a discutir o que deveriam fazer. Tinham de encontrar ajuda (p. 13) de qualquer maneira. Era a única saída.

# Largar

— Tô fora — disse Jorge, e foi se afastando.

— Eu também — disse Alice, seguindo o amigo. E, ao passar pelo portão da casa de Zelão, emendou, voltando-se para o velho: — Arranje outras pessoas!

Assim, os dois amigos se afastaram dali e foram para suas casas, combinando de se ver mais tarde, exaustos mas felizes com as peripécias que haviam vivido e convictos de que o mundo retornara à ordem com a prisão dos Trevosos. Contudo, não demorou para que descobrissem o estado caótico das coisas.

Jorge encontrou a maior bagunça em sua casa. Escarrapachado no sofá da sala, o pai, seu Jijo, murmurava frases desconexas, misturando pedaços de uma história com os de outra, e nem deu por sua presença. No quarto, Marinho dedilhava a guitarra como se fosse um bebê; havia desaprendido tudo e cantarolava repetidamente o refrão de uma música, ignorando a sua continuação. Dona Ziza estava na cozinha tentando fazer uma torta, mas não dava certo porque parte do texto da receita desaparecera.

"Putz, o negócio tá feio", pensou o garoto.

Alice também desanimou quando entrou em casa e viu a mãe olhando o vazio diante da televisão fora do ar. Esforçou-se para reanimá-la, mas logo notou que a amnésia de dona Julieta persistia. Encontrou esparramadas pelo chão as revistas da *National Geographics* que colecionava e viu que as páginas estavam todas em branco. Olhou pela janela e viu as pessoas andando na rua a esmo, trôpegas, e então entendeu que tinham perdido as referências de suas vidas e só haveriam de readquirir a razão se as recuperassem.

— Seu Zelão tava certo — suspirou ela.

Foi à procura de Jorge, que, coincidentemente, vinha ao seu encontro.

— Temos de ir atrás do Arquivo da Terra — disse a menina. — É o único jeito de botar ordem nessa baderna.

Apanharam suas mochilas e retornaram à casa de Zelão, que os aguardava no mesmo lugar com as novas instruções. Não havia outra saída. Era pegar ou pegar (p. 97).

# Lente de aumento

— Temos a lente! — responderam Jorge e Alice, em coro.

— Ainda bem — disse o tuaregue. — Agora dá pra gente ler as palavras mágicas.

— Vamos fazer logo esse tapete voar — disse a menina.

O garoto se adiantou com a lente de aumento na mão e tentou decifrar o que estava escrito em meio aos desenhos geométricos.

— Nunca vi letras tão esquisitas — disse ele.

طَيْرِ يَا طَبِ

— Também não entendo patavina — comentou Alice, observando a inscrição. — Assim não vamos a lugar nenhum.

— Deixa eu ver — disse o homem, tomando a lente de aumento da mão de Jorge.

— É uma língua bem estranha — disse o garoto.

— É árabe — disse o tuaregue, sorrindo. — Estamos com sorte!

— Por quê? — perguntou Jorge. — Você fala árabe?

— Mas é claro — respondeu o homem.

— E o que está escrito aí? — perguntou a menina, ansiosa.

— "Voe, tapete!" — respondeu o tuaregue. E, mal pronunciou essas palavras, o tapete se ergueu a um metro do chão, pairou no ar e ficou flutuando em frente a eles, como se à espera de uma ordem.

— Viva! — gritou Jorge, admirado.

Alice imediatamente subiu com um salto no tapete mágico e se acomodou, sentando-se como uma índia.

— Vamos!

Jorge pegou as mochilas do chão, entregou a ela e se ajeitou a bordo do tapete.

— Rápido — disse o homem. — Vocês precisam encontrar logo os Trevosos e salvar o mundo real e o País da Imaginação.

— O senhor não vem com a gente? — perguntou a menina.

— Não — disse o tuaregue. — É peso demais. O tapete não iria aguentar.

— Vai ficar por aqui? — disse o garoto.

— Sim — disse ele. — Não se preocupem. Nasci no deserto. Eu sei como me virar.

— Obrigada por tudo — disse Alice.

— Eu é que agradeço — disse o homem. E, tirando dois frascos de dentro de sua bolsa de pano, ofereceu a cada um deles como recompensa por o terem salvado: — Peguem, são poções do amanhã.

— E pra que servem? — perguntou Jorge.

— Pra vocês saltarem no tempo e no espaço — disse o tuaregue. — É só tomar e vocês verão aos seus pés a linha do futuro que separa o hoje do amanhã. Aí basta dar um passo e estarão um dia à frente no lugar que desejarem.

— Beleza — disse a menina.

— Tem mais uma coisinha — disse o homem. E deu a cada um deles uma semente do tamanho de uma tâmara.

— O que é isso? — perguntou o garoto.

— São sementes de razão — respondeu o tuaregue. — Acho que vão precisar. Com elas, vocês retornam imediatamente ao mundo real. Quando quiserem ou precisarem, fechem os olhos, mastiguem e, num instante, estarão em casa.

— Legal — agradeceu Alice. — Nem tínhamos perguntado pro seu Zelão como fazer pra voltar do País da Imaginação.

— Valeu — disse o garoto. E, acenando para o tuaregue, completou: — Tem um camelo lá fora do oásis.

— Ora, deve ser o meu que voltou — disse o homem, alegre. — Estou torcendo por vocês!

— Adeus — disse a menina, e ordenou que o tapete decolasse.

Seguiram dali rumo ao norte, divertindo-se para valer com aquele voo inesperado. O vento acariciava seus cabelos e, enquanto atravessavam as nuvens como quem mergulha num tufo de algodão, observavam, lá embaixo, a mudança que a paisagem sofria.

— Sensacional! — gritava Jorge, sorrindo.

— Quem diria — exclamava Alice, eufórica. — É uma aventura e tanto!

Em poucos minutos se aproximaram de uma serra que azulava a distância e então lembraram que não sabiam como fazer o tapete aterrissar.

— Talvez seja "desça, tapete!" — disse a menina.

E era.

Foram abaixando, maciamente. Mas, quando estavam a dois metros do chão, o garoto notou que iam pousar sobre uma pedra pontiaguda.

— "Suba, tapete!" — disse ele.

Distraída, Alice não havia percebido o perigo e, sem entender por que o amigo dava aquela ordem, gritou:

— "Desça, tapete!"

— "Suba, tapete!" — repetiu Jorge.

Confuso, o tapete deu um solavanco, atirando os dois ao chão, e continuou voando até sumir no horizonte. Na queda, o frasco com a poção do amanhã do garoto se espatifou. Mas Jorge estava tão contente com aquela viagem inusitada que nem se aborreceu. Felizmente, ele e Alice haviam caído ao lado da pedra e, como não tinham se machucado, trataram logo de se levantar. Diante de seus olhos avultava a <u>Serra Quieta</u> (p. 127).

# Marinho

Um ano mais velho que Jorge, Marinho tinha a mesma paixão pela música que sua mãe, com quem aprendera a tocar piano. Entretanto, logo saltara para o violão e do violão para a guitarra. De vez em quando a vizinhança reclamava da barulheira que ele fazia, principalmente no começo, quando não havia ainda domado seu instrumento. Mas com o tempo passaram a gostar, porque, se não era um virtuose, também não decepcionava. Tinha talento de sobra. Da mãe também herdara o temperamento meio explosivo, era pavio curto, como se dizia, embora para seu Jijo não havia pavio nenhum nele, bastava contrariá-lo para que soltasse imediatamente fogo, como um dragão ferido.

Jorge conhecia bem o gênio de Marinho e sabia que ele não gostava de ser interrompido quando ensaiava. Entrou no quarto do irmão e esperou pacientemente que ele terminasse de tocar para expôr as suas dúvidas a respeito do que vinha ocorrendo.

— E aí? — perguntou Marinho. — Gostou do meu solo?

— Gostei — disse Jorge. — É bem legal.

— Não está parecendo. Por que essa cara de bunda?

— Tô com a pulga atrás da orelha.

— Deixa eu dar uma olhada — disse Marinho. — Assim eu aproveito pra ver se você não tem piolho na cabeça.

— Deixa disso — disse Jorge. — É coisa séria.

— O que foi?

— O que foi? Você não viu a confusão na escola?

— Estou é adorando — disse o garoto mais velho.

— Eu também estava — disse o caçula.

— As notas de Física sumiram da caderneta e o professor vai ter de dar outra prova — comentou Marinho, sorrindo. — Pra quem tinha tirado zero é uma ótima notícia.

— Você está pensando só em você — disse Jorge.

— E em todos os que se deram mal na prova — disse Marinho.

— Só que, com essa bagunça, você não vai poder levar vantagem em tudo.

— Nem quero.

— Muitas pessoas estão sendo prejudicadas.

— Problema delas.

— Egoísta!

— É uma questão de sorte.

— É, mas a sorte está mudando — disse Jorge.

— Por isso a gente tem de aproveitar enquanto ela está a favor — disse Marinho, tirando uns acordes de sua guitarra.

— O mundo pode entrar em parafuso.

— É bom mesmo que vire de cabeça pra baixo.

— O problema não é só o sumiço das palavras — argumentou o caçula. — As pessoas também estão se esquecendo das coisas.

— Ótimo — falou o mais velho. — Assim param de contar sempre as mesmas histórias.

— E como é que a gente vai viver, se ninguém comprar os livros do papai? — perguntou Jorge.

— Ora, não force a barra — disse Marinho. — Não seja alarmista.

— Não estou sendo.

— Calma, o Batman vai dar um jeito nisso — zombou o garoto mais velho. — Você anda lendo muito gibi.

— As palavras estão sumindo no mundo inteiro e ninguém sabe o porquê. Você acha pouco? Já imaginou o que pode acontecer?

— Bom, posso continuar o meu ensaio? — perguntou Marinho.

— Tudo bem — disse Jorge, desanimado.

O irmão estava olhando para o próprio umbigo e não percebera a gravidade da situação. Era melhor procurar <u>Alice</u> (p. 17).

75

# Memória

Caminharam por um longo e escuro corredor até chegarem a um imenso salão iluminado por archotes presos às paredes onde em compridas prateleiras estavam enfileiradas milhares de garrafas em cujos rótulos se podia ler o nome da história que continham. Era o Arquivo da Terra, onde as musas guardavam cada uma das histórias originais que traziam do Mar das Letras.

— E agora? — disse Jorge. — Como vamos saber quais histórias devemos pegar?

— É, acho que temos um problema — disse Alice.

— Dois — disse o Anjo da Verdade. — Afinal, de que maneira vamos levar tantas garrafas?

— Três — disse o garoto. — Temos de encontrar a Cachoeira da Memória, senão vamos perder tudo na volta, quando passarmos pelo Rio do Esquecimento.

— É verdade — disse o Anjo.

Então ouviram uma voz vindo do fundo do salão:

— Quem são vocês?

Em seguida, apareceu diante deles uma moça de beleza assombrosa, alta e esguia, com longos cabelos loiros caindo sobre os ombros.

Jorge se incumbiu de dizer quem eram e o que os trouxera ali, o que foi confirmado pelo Anjo da Verdade, de forma que ela não duvidou deles em nenhum momento.

— E você? — perguntou a menina. — Quem é?

— Sou Mnémose — respondeu a jovem.

— Puxa, que nome engraçado — comentou o garoto.

— Significa memória, em grego — continuou ela. — Eu organizo nas prateleiras do Arquivo da Terra as histórias que as musas colhem em garrafas no Mar das Letras.

— Você é uma espécie de bibliotecária? — perguntou Alice.

— Uma garrafatecária, mais precisamente — disse a moça.

— Bem, se não levarmos uma cópia de todas essas histórias, nosso mundo jamais será o mesmo — disse Jorge. — Podemos contar com a sua ajuda?

— Acho que sim — disse Mnémose. — São milhares de histórias, mas posso juntar todas de um jeito que ocupe pouco espaço.

— Histórias concentradas? — perguntou a menina.

— Isso mesmo — respondeu Mnémose. — A gente comprime e coloca numa só garrafa.

— Como fazemos com um CD? — disse o garoto.

— Exatamente.

— Mas são milhares de histórias! — disse o Anjo da Verdade.

— Não tem problema, as musas me ajudam — disse Mnémose, e bateu palmas.

Imediatamente surgiu uma verdadeira legião de musas, que receberam ordens e começaram a se movimentar, pegando as garrafas das prateleiras e levando-as para o fundo do salão.

— E como você vai fazer as cópias? — perguntou Alice.

— Isso é segredo — respondeu Mnémose. — Esperem aqui que eu já volto.

E, enquanto ela reproduzia as histórias e as concentrava, os dois amigos e o anjo foram atrás da Cachoeira da Memória. Precisavam se banhar em suas águas para conseguirem atravessar o Rio do Esquecimento. Embrenharam-se em meio aos corredores que afluíam em várias direções e nada encontraram. Até que cessaram as buscas e ouviram o som de uma queda-d'água. Continuaram e viram lá longe uma exuberante cascata que nascia do alto das rochas. Tentaram se aproximar, mas, por mais que andassem em sua direção, a distância se mantinha a mesma.

— Damos um passo pra frente, ela dá outro pra trás — disse Jorge. — Desse jeito, não vamos conseguir nunca.

— E não vai adiantar nada a boa vontade de Mnémose — disse o Anjo da Verdade.

Voltaram ao salão, desanimados. Alice sentou-se numa pedra que servia de banco e ficou pensativa, olhando as garrafas que as musas devolviam às prateleiras. Então teve um estalo. Lembrou-se de seu frasco que ainda continha a poção do amanhã. Abriu às pressas a sua mochila, revirando o conteúdo ansiosamente e por fim o encontrou.

— Ooooba! — exclamou ela. — Achei a solução!

Jorge deu um salto de alegria e a abraçou. O Anjo da Verdade os observava sem entender nada.

— É uma poção mágica — explicou a menina. — Com ela posso levar a garrafa com as histórias concentradas sem passar pelo Rio do Esquecimento.

— Mas como? — perguntou o anjo.

— Saltando no tempo e no espaço — respondeu ela. E nem precisou dizer mais nada, porque o anjo sabia que era verdade.

— É isso aí — vibrou Jorge, novamente. — Além do mais, a gente não ia poder mesmo ficar com a poção do lado de lá.

— Vamos! — disse Alice.

— Xi! — exclamou o garoto, de repente, coçando a cabeça. — Lembrei de um detalhe...

— Que detalhe? — insistiu ela.

— Eu não tenho mais poção nenhuma.

— Caramba, eu tinha me esquecido.

O Anjo da Verdade os observava, em silêncio, sem poder fazer nada.

— Bem — sugeriu Alice. — Vou tomar a poção e pular uma linha pra chegar amanhã no mundo real. Você vai na frente e me espera lá.

— Está certo — concordou Jorge. — Volto antes por onde viemos.

Não tardou, Mnémose chegou com a garrafa contendo a cópia concentrada de todas as histórias. Os três agradeceram a sua imensurável colaboração e pegaram o caminho de regresso. À beira do Rio do Esquecimento, o Anjo da Verdade pediu a Jorge para guardá-lo novamente na caixa, já que também havia cumprido a sua missão. O garoto o atendeu e pegou o barco para atravessar o rio.

— Vou esquecer de tudo — disse ele à menina. — Mas você me refresca a memória quando a gente se encontrar em casa, certo?

— Claro — respondeu ela. — Mesmo porque vou precisar de sua ajuda!

No entanto, uma dúvida perturbava Jorge. Não prestara muita atenção na vinda. Depois que atravessasse o rio, qual direção deveria seguir para voltar ao mundo real? Norte, Sul, Leste ou Oeste?

— Uma bússola ajudaria — disse Alice, que também não se recordava direito do caminho.

Haviam pego a <u>bússola</u> (p. 23) na casa de seu Zelão antes de partir pela primeira vez? Ou nem tinham imaginado que ela seria um <u>aliado</u> (p. 16) indispensável?

# Mochilas

— Vou até em casa buscar minha mochila — disse Jorge.
— Eu também — concordou Alice.
— Acho que vocês já perderam tempo demais — disse o camelo.
— Tenho umas mochilas lá em cima e posso emprestá-las a vocês — disse Zelão, levantando-se. E subiu apressadamente a escada que conduzia ao andar de cima do casarão.
— Espero que não seja uma dessas velharias — resmungou a menina.
— Eu também — disse o garoto.
— Deixem de ser mal-agradecidos — disse o camelo. — Se não fossem pessoas como seu Zelão, o País da Imaginação já tinha sumido.
O velho voltou tão rápido como havia partido e entregou uma mochila para cada um.
— Uau! — exclamou Alice, surpresa. — É uma mochila de aventuras mesmo!
— São ideais pra quem vai ao lado de lá — disse Zelão, sorrindo.

— Essa é da hora! — disse Jorge. — Mas, não vai adiantar nada. Temos de pegar nossas coisas.

— Num segundo, eu arranjo tudo de que vocês vão precisar — disse o velho, e desapareceu em meio às pilhas de livros. Foi num vapt, voltou num vupt e despejou uma porção de coisas sobre o sofá.

— Pronto!

Fez a partilha e distribuiu para cada um deles um cantil de água, um mapa, um dicionário de bolso, um bloco de papel e um lápis.

— Papel e lápis pra quê? — perguntou a menina.

— Vocês podem precisar — respondeu o velho. — Afinal, só lá é que existe o Mar de Letras.

— E que mapa é esse? — disse o garoto.

— Ora, sem mapa vocês na certa se perderão.

— O nosso amigo aqui nos ajuda — disse Alice, apontando para o camelo.

— Claro — disse o animal. — Mas é bom vocês saberem que eu não conheço todos os lugares do lado de lá.

— Ah, peguem também esse canivete e essa lanterna! — interrompeu Zelão. — Acho conveniente levarem!

Jorge os apanhou e, apontando para os demais objetos no sofá, perguntou:

— E essas outras coisas aí?

— Bem, temos um binóculo, uma lente de aumento, uma corda, uma bússola, um tubo de repelente, um máquina fotográfica, uma caixa de primeiros socorros, um tablete de chocolate e um pacote de biscoito — respondeu Zelão e completou: — Vão ser úteis pra vocês nessa viagem.

— Então deixa eu pegar tudo — disse a menina, puxando para si os objetos.

— Na-na-ni-na-não! — disse o velho. — Cada um só pode levar dois desses itens.

— Por quê? — reclamou o garoto.

— Porque vocês não devem carregar muito peso — disse Zelão. — Eu não recomendo.

— Tá legal.

— Vamos, escolham!

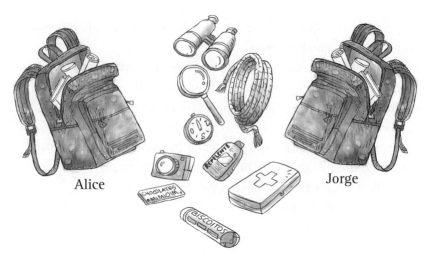

Ponha-se no lugar de Alice e Jorge e escolha agora, para cada um deles, dois dos objetos acima, fazendo um círculo ao seu redor.

Alice e Jorge guardaram em seguida os objetos e fecharam suas mochilas.

— E agora, seu Zelão? — perguntou ela. — Como fazemos pra chegar do outro lado?

— Subam — disse o camelo, ajoelhando-se. — Eu sei o caminho. Aliás, eu vim de lá porque vocês me chamaram.

A menina se acomodou primeiro e o garoto se ajeitou como pôde atrás dela. O velho abriu passagem para o animal por entre os livros e abriu a porta.

— Boa sorte — disse ele, acenando para as crianças.

— Tchau — elas responderam, divertindo-se com o sacolejo do camelo.

Mas, para surpresa de ambos, em vez de saírem no matagal em que se transformara o jardim da casa de Zelão, deram de cara com uma imensa duna de areia.

— Que coisa louca! — exclamou Alice, admirada.

— Olha, parece que tem uns coqueiros lá adiante — disse Jorge.

— Com um binóculo dá pra ver melhor — disse ela.

Tinham pego o <u>binóculo</u> (p. 22) ou já haviam começado com o <u>pé esquerdo</u> (p. 96), escolhendo mal seus apetrechos de viagem?

# Na mesma

— Poxa, que azar — disse o garoto. — Esquecemos de pegar a lente de aumento na casa do seu Zelão.

— Que raio de detetive você é? — disse a menina, provocando.

— Ora, você também podia ter pegado — disse Jorge. — Quem é que gosta de aventura aqui?

— Não sei o que tem a ver uma coisa com a outra — disse Alice, contrariada. — Quem se mete a Sherlock Holmes é que não pode esquecer a lente de aumento.

— E como eu ia imaginar que a gente precisaria de uma? — perguntou o garoto, irritado.

— Deixem de briga — interrompeu o tuaregue. — Não vai adiantar nada...

— A verdade é que não escolhemos bem — disse a menina.

— E, agora, o que vamos fazer? — perguntou Jorge.

— Temos de encontrar outra solução — disse o homem. — O importante é que vocês consigam chegar o mais rápido possível à Serra Quieta.

— É, precisamos encontrar os Trevosos aqui no País da Imaginação — disse o garoto.

— Antes que eles acabem com o mundo do lado de lá — disse o tuaregue. — E com o de cá também.

— E se gente voltasse pra casa do seu Zelão? — perguntou Alice.

— Nem partimos e já estamos voltando? — disse Jorge.

— Pelo menos sabemos que lá tem uma lente de aumento — disse a menina. — Daí podemos ler as palavras mágicas e fazer o tapete voar.

— É uma boa ideia — disse o homem.

— Mas como fazemos pra voltar? — disse o garoto. — Andamos um tempão pelo deserto debaixo de um Sol terrível.

— Vai demorar demais — disse a menina. — E nem sei se conseguiremos achar o caminho certo.

— Sei de um jeito que pode levá-los lá num instante — disse o tuaregue.

— Como? — perguntaram os dois, em coro.

O homem então tirou de sua bolsa dois pequenos frascos e quatro sementes do tamanho de uma tâmara.

— Esses dois frascos contêm uma poção mágica — disse ele. — Basta beber e vocês começam a enxergar aos seus pés as linhas do futuro.

— Linhas do futuro? — perguntou Jorge, desconfiado.

— Sim, cada linha corresponde a um dia — disse o tuaregue.

— E daí? — perguntou Alice.

— Vocês podem saltar no tempo e no espaço — respondeu o tuaregue.

— Como assim? — quis saber o garoto.

— Basta contar uma linha, dar um salto e chegar imediatamente ao dia de amanhã no lugar que desejarem.

— Puxa, que legal! — disse Jorge.

— Guardem essa poção do amanhã — disse o homem, e entregou um frasco para cada um. — Pode ser que vocês precisem. É meu jeito de agradecer por terem me libertado.

— Mas como a gente volta pra casa? — perguntou Alice.

— Aqui estão quatro sementes de razão — disse o tuaregue, e deu duas para ela e duas para o garoto.

— Uai, pra que serve? — disse Jorge.

— Pra vocês voltarem ao mundo real — respondeu o homem. — Sob o efeito da razão, ninguém permanece no País da Imaginação.

— Vamos conferir — disse a menina.

— Fechem os olhos, mastiguem uma semente e pronto — disse o tuaregue.

— Só uma? — perguntou o garoto.

— Sim, só uma — disse o homem. — A outra usem numa próxima vez.

Meio desconfiados de que não daria certo, mas sem outra alternativa, Jorge e Alice fecharam os olhos e mastigaram uma semente de razão. Ao reabri-los, estavam novamente na sala atulhada de livros do seu Zelão.

— Não é que deu certo? — disse a menina.

Foram então à procura do velho, mas não havia ninguém em casa.

— Não tem problema — disse o garoto. — Precisamos só da lente de aumento.

Puseram-se a fuçar nos papéis e livros sobre o sofá, onde Zelão havia colocado os outros objetos úteis à viagem deles. Nada encontraram.

— Ele deve ter guardado — disse a menina.

Vasculharam os demais cômodos e todos os armários da casa e, por fim, numa gaveta, deram com a lente de aumento.

— Ufa — disse Jorge. — Aqui está!

— Vamos ler as palavras mágicas no tapete — disse Alice.

— Cadê o tapete? — perguntou ele.

— Eu que sei? — devolveu ela.

— Não é possível — disse ele, desiludido. — Esquecemos lá no oásis.

— Ai, meu Deus — choramingou a menina. — Estamos de novo na estaca zero.

Voltaram à sala, cabisbaixos, e jogaram-se no sofá. Jorge notou que, na capa de um dos livros que antes vira, *O segredo do casco da tartaruga*, estava escrito apenas *O sgrdo do cas*, mas não disse nada. A cada minuto que passava, os Trevosos comiam mais letras do lado de cá. Era preciso urgentemente encontrar uma maneira de retornar ao País da Imaginação. Foi quando Alice, de repente, apontou para a lousa e disse:

— Veja, quando saímos não tinha nada ali.

— É mesmo — disse o garoto. — O que será que está escrito?

— Vamos ver — disse ela.

Acercaram-se da lousa e leram a seguinte mensagem:

$$1 \quad 2 \quad 17 \quad 1 \quad 12$$
$$1$$
$$15 \quad 14 \quad 17 \quad 19 \quad 1$$

— Caramba, o que significa isso? — disse a menina.

— Parece uma fórmula — opinou Jorge.

— Acho que deve ser uma mensagem do seu Zelão — disse Alice, esperançosa.

— Pode ser — concordou o garoto.

— Mas o que significa? — perguntou Alice. — Por que ele teria escrito dessa maneira?

— Tô pensando — disse Jorge. E, lembrando-se das letras que haviam sumido da capa do livro, emendou: — Como os Trevosos estão famintos, a mensagem foi escrita com números para enganá-los, mas de forma que a gente pudesse entender.

— Aonde você quer chegar? — perguntou a menina.

— Talvez os números correspondam às letras do alfabeto — respondeu o garoto.

— O número 1 seria a letra *a* — disse Alice.

— Exatamente — disse Jorge e emendou: — O número 2 seria o *b*.

— É isso aí — gritou ela, eufórica.

Foram então anotando rapidamente na lousa as letras correspondentes aos números, que formaram a seguinte mensagem: _____ \_\_\_ _____ (p. 11).

# Não

— Não — respondeu Alice. E falou baixinho para o garoto: — Vamos dar no pé. Esse Zelão não bate bem mesmo!
— Também acho — disse Jorge. — Vou entrar em parafuso se ficar mais um minuto aqui.
— Obrigado, seu Zelão — disse Alice. — A gente volta outra hora.
— Onde vocês vão? — perguntou o velho. — Eu falei pro Batman que não ia adiantar.
— Pro Batman? — perguntou Jorge.
— É — disse Zelão. — Ele me disse que você adora quadrinhos de super-heróis. Inclusive me contou que ontem reescreveu uma história dele que desaparecera do gibi.
— Eu, hein! — exclamou o garoto. — Pirou de vez!
Os dois amigos saíram correndo, pulando os livros no meio do caminho, antes que o velho pudesse detê-los.
Atravessaram o matagal a mil por hora, mas a meio caminho, perto de um canteiro onde cresciam umas roseiras selvagens, a menina deu um grito:
— A Fera tá atrás de mim!
E correu ainda mais, assustada, ultrapassando Jorge e chegando à rua primeiro que ele.

— Que deu em você? — perguntou o garoto, ofegante.

— Eu vi a Fera! — disse a menina, o coração batendo como uma bigorna.

— Mas que Fera?

— Aquela da história *A Bela e a Fera* — respondeu Alice.

— Deus, agora é você que tá saindo de órbita.

— Juro! Tinha uma cara horrível, os cabelos desgrenhados, os braços peludos.

— É a sua imaginação — falou Jorge.

— Bem que eu gostaria que fosse.

Minutos depois, na varanda da casa de Alice, atiraram-se nas cadeiras de vime.

— Ufa! — disse ela. — Nunca estive tão perdida...

— Eu idem — disse o garoto.

— Esse Zelão deve ser feiticeiro — disse a menina.

— Ele é doido mesmo — disse Jorge. — Um velho naquela idade falando de Chapeuzinho Vermelho e Branca de Neve.

— E aquela conversa esquisita de que existe outro mundo!

— E o jeito dele de falar? Parece que fugiu do hospício.

Entraram na casa e deram com dona Julieta diante da TV, as mãos apertadas, o semblante transido, os cabelos espetados como se tivesse levado uma descarga elétrica. Notícias terríveis proliferavam como ninhadas de coelho: milhares de pessoas pelo mundo afora estavam perdendo a memória. Documentos importantes da ONU desapareciam, as palavras sumiam das notas e moedas e o dinheiro não tinha mais valor, dezenas de acidentes aéreos tinham ocorrido porque os operadores da torre de comando erravam as informações, os padres perdiam a fala, os políticos enlouqueciam, as leis de trânsito e os códigos que regiam a sociedade evaporavam como se alguém os apagasse com borracha, a memória da humanidade se diluía. Governos de todos os países tentavam encontrar a solução, mas não conseguiam se entender, as conversas eram interrompidas misteriosamente, o que piorava ainda mais a situação.

De repente, a transmissão perdeu o som, como se alguém invisível comesse as palavras no ar, e dona Julieta se virou para os dois.

— Quem são vocês? — perguntou ela, o olhar distante.

Alice correu desesperada para o quarto e se atirou na cama. Sua mãe também já fora atingida por aquela maldição. Era o fim dos tempos. Jorge foi em seu encalço e tentou animá-la, mas não sabia o que dizer, nem o que fazer. Ao mesmo tempo, estava intrigado com Zelão. Talvez devessem procurá-lo novamente. Podiam ter se enganado em relação a ele.

— Você não acha? — perguntou à menina. — Afinal, como ele sabia que eu tinha reescrito aquela história do Batman?

— É — disse Alice, agarrando-se àquele fio de esperança que o amigo lhe estendia. — E como escreveu aquela mensagem na minha revista?

— Aí tem.

— E o que a Fera tava fazendo no jardim dele?

— Aquilo não era bem um jardim e eu não vi Fera nenhuma — disse o garoto.

— Muito estranho — disse ela. — Vamos voltar lá.

— Não temos nada a perder — concluiu ele.

Retornaram à casa de seu Zelão, entre desconfiados e esperançosos, e mal se sentaram no sofá abarrotado de livros, o velho, que parecia estar à espera deles, perguntou novamente:

— Então, querem ou não saber o que está acontecendo?

— Sim (p. 131) — responderam os dois, no ato.

# Noventa e seis

Confuso, Jorge parou a contagem no número noventa e seis e saltou sobre as linhas que marcavam os dias futuros. Ao tocar novamente os pés no chão, viu-se em meio a uma floresta cerrada e vicejante. Nada ali lembrava a paisagem árida do deserto onde até havia pouco estava, junto à amiga, na casa do feiticeiro às margens de um oásis.

— Uai, cadê ela?

Olhou ao seu redor e não viu senão árvores imensas, de troncos robustos e copas largas, de cujos galhos pássaros de várias cores saíam em voos inesperados e regressavam, cantando ruidosamente. Alguma coisa dera errado. Alice saltara primeiro e devia estar ali, já à sua espera. Mas não havia nenhum sinal dela.

O garoto andou alguns metros por entre as árvores, chamou-a, assoviou, gritou, mas não obteve resposta alguma, senão os pássaros que cortavam o silêncio com sua alegria. Sozinho, Jorge se aborreceu, as coisas não podiam estar piores. Agora, antes de ir atrás dos Trevosos, tinha de encontrar Alice. Ou era melhor tentar ir por si só à Serra Quieta? A poção mágica o transportara ou não às suas proximidades? Abriu a mochila, tirou o mapa que Zelão lhes havia dado e, depois de uma breve consulta, notou que havia uma floresta perto da região onde viviam os Trevosos.

— Deve ser essa aqui — disse ele, esperançoso, olhando as fileiras de árvores ao seu redor.

Mas então caiu em si. Talvez tivesse feito a contagem errada. Em vez de noventa e seis, deveria ter contado até noventa e sete. Sim, havia se enganado e Alice certamente estaria um dia à frente dele.

— Deus, é isso!

Pegou às pressas a poção mágica de reserva que o feiticeiro providencialmente lhe entregara e a bebeu de um só gole. Começou de novo a enxergar as linhas do futuro no chão, contou apenas uma e saltou. Num instante estava ao lado da menina, na clareira de uma floresta.

— Por que você demorou tanto? — perguntou ela.

— Contei até noventa e seis e fui parar um dia atrás de você — respondeu ele.

— Só faltava essa — resmungou Alice.

— Tomei a dose extra da poção do amanhã e estou aqui — disse Jorge.

— Que desperdício — disse a menina. — Se for preciso saltarmos outra vez para o futuro, terei de ir sozinha.

— Bem, não fiz por querer — disse o garoto. — Onde estamos?

— Acho que estamos perto — respondeu ela, apontando para o cume de uma montanha que avultava acima das árvores.

— Vamos até lá — sugeriu ele.

— Acho que os Trevosos moram aqui perto — disse ela.

— Sim, se estivermos nessa floresta — disse Jorge, mostrando à amiga o mapa.

Caminharam alguns metros até chegarem ao pé da montanha azulada que se espalhava pela linha do horizonte e cujo topo haviam avistado de longe.

— Que beleza! — comentou a menina. — Lembra a Cordilheira dos Andes.

— Tomara que seja a <u>Serra Quieta</u> (p. 127) — disse o garoto.

# Noventa e sete

De repente, Alice se viu em meio a uma clareira, cercada de grandes árvores floridas. No chão crescia uma relva verde, viçosa, que contrastava abruptamente com a paisagem desértica onde estava até poucos segundos atrás.

— Puxa, a poção mágica faz efeito mesmo! — comentou ela, surpresa por se achar ali em tão pouco tempo.

Já ia perguntar onde estava Jorge, quando ele se materializou ao seu lado como se por um milagre, depois de contar noventa e sete e saltar sobre a linha dos dias.

— Que susto! — exclamou ela, afastando-se.

— O que foi? — perguntou o garoto, olhando admirado as árvores ao seu redor.

— Nada, nada — disse a menina.

— Susto quase levei eu — disse ele. — Por pouco não erro na conta e vou parar num dia antes de você.

— Seria mais um problema — disse ela.

— Onde estamos? — perguntou Jorge.

— Não sei, também acabei de chegar — respondeu ela. — Mas acho que deu certo a poção do feiticeiro.

— É, pelo jeito estamos no caminho — disse ele.

— No deserto é que não estamos — zombou ela.

— Veja — disse ele, apontando para o que parecia ser o cume de uma montanha que avultava à esquerda acima das árvores.

— Vamos ver mais de perto — propôs Alice.

Seguiram em direção à montanha, passando por entre as árvores que sombreavam o caminho com suas copas imensas.

— Será que os Trevosos moram por aqui? — perguntou o garoto.

— Espero que sim — disse a menina.

— Precisamos pegar logo o antídoto pra salvar o mundo — disse ele.

— E pra minha mãe recuperar a memória — emendou ela.

Caminharam mais alguns metros e, quando contornavam uma curva, Jorge escorregou numas folhas que cobriam a relva úmida e caiu em cima da mochila, quebrando o frasco extra da poção mágica. Nem teve tempo de lamentar. Um passo depois da curva, uma longa montanha azulada se espalhava à frente deles pela linha do horizonte.

— Aleluia — vibrou Alice. — Só pode ser a <u>Serra Quieta</u>! (p. 127)

# Outra coisa

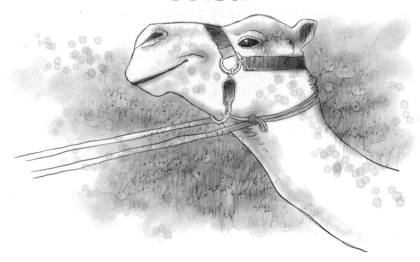

Os dois nem imaginavam que iriam precisar de uma corda no País da Imaginação e por isso não a haviam trazido.

— E então? — perguntou Alice.

— Bem, sem corda, teremos de arranjar algo que sirva como alavanca — disse Jorge.

Puseram-se a procurar pelo oásis, mas nada encontraram. A garota se lembrou do camelo e sugeriu que fossem pedir ajuda a ele. Mas, embora tivesse todo interesse em ajudá-los, o animal não sabia o que fazer. O garoto pegou-o então pelas rédeas e disse:

— Acho que tenho a solução.

Trouxe o camelo até o rochedo, com a colaboração de Alice encaixou a rédea na porta semiaberta e pediu ao bicho que a puxasse. Depois de algumas tentativas, eis que ouviram um rangido e a fenda se ampliou.

— Venha, rápido! — disse a menina, que estava mais próxima da abertura. — Agora acho que já dá pra gente passar...

Jorge soltou as rédeas da pedra para livrar o camelo, agradeceu às pressas a sua ajuda e se enfiou com Alice pela cavidade do rochedo.

Lá dentro reinava a escuridão, mas eles nem tiveram tempo de acostumarem os olhos ao negrume: foram imediatamente sugados por uma força que os fez girar como se estivessem dentro de um liquidificador funcionando. Caíram e se sentiram em seguida a bordo de um trem-fantasma que sacolejava adoidado, para lá e para cá, subindo e descendo vertiginosamente como numa montanha-russa.

— Essa máquina do tempo é da era dos dinossauros — gritou a menina. — Podia ser mais confortável.

— Está me revirando o estômago — concordou o garoto.

Por fim, foram atirados no pavilhão de uma caverna, cujo teto era vazado pela luz do Sol.

— Ufa! Que loucura! — comentou Alice, recompondo-se.

— Pensei que fosse vomitar — disse Jorge, ainda zonzo. E notou que, com os solavancos, seu frasco com a poção do amanhã havia se quebrado e manchara toda a sua mochila.

A menina tentou consolá-lo, dizendo que talvez não fossem precisar mesmo daquele líquido mágico.

— Veja — completou ela, apontando para uma saída que revelava parte de uma serra azulada avultando lá fora.

Saíram da caverna e circularam a fileira de árvores floridas que a ladeava, de variadas espécies, bem distintas da monotonia das tamareiras.

— Acho que conseguimos — disse Alice. — Deve ser a <u>Serra Quieta</u> (p. 127).

# Pé esquerdo

Infelizmente, nenhum dos dois tinha pego o binóculo.

— Puxa, que mancada — comentou Alice.

— Não tem problema — disse o camelo. — Aquelas árvores são o único sinal de vida por aqui. Vocês terão de ir lá de qualquer jeito pra procurar alguma pista.

— Onde será que estamos? — perguntou Jorge, intrigado.

— Sei lá — disse a menina, vacilante. — Pode ser tanto uma <u>praia</u> (p. 110) quanto um <u>deserto</u> (p. 49).

# Pegar

— E então? — disse Zelão. — Posso ou não posso contar com vocês?
— Tudo bem — disse Alice.
— Mais uma viagem ao País da Imaginação não vai matar a gente — disse Jorge.
— No fundo, vocês gostaram de lá, não é? — sorriu o velho.
— Foi legal — assentiu a menina.
— O problema é que estamos pregados de cansaço — disse o garoto.
— Agora será mais fácil — disse Zelão. — Mas pra isso é melhor vocês irem direto ao Arquivo da Terra. Lá, basta explicar para as musas guardiãs o que está acontecendo e pronto.
— Teremos de atravessar desertos, florestas, rios? — perguntou Jorge.
— Não — respondeu o velho.
— E por que não? — quis saber Alice.
— Porque da primeira vez vocês escolheram entrar no País da Imaginação em lombo de camelo.
— Podíamos ter ido direto à Torre dos Segredos? — perguntou o garoto.
— Claro — respondeu Zelão.
— É, mas aí não teria nenhuma graça — disse a menina.

— Bem, que tal vocês se apressarem? — disse o velho.

— Já que não tem outro jeito... — resmungou Jorge.

— Vocês iam ter de voltar mesmo pra lá — disse Zelão.

— Ora, por quê? — perguntou Alice.

— Pra devolver a caixa de escuridão com os Trevosos ao seu mundo.

— É — disse o garoto. — Não podemos ficar com nada de lá aqui.

— E se alguém a abrisse, os Trevosos se espalhariam e a confusão estaria armada novamente — disse a menina.

— E onde vamos deixar a caixa? — perguntou Alice. — Na Torre dos Segredos?

— Não, pode ser no Arquivo da Terra mesmo — respondeu o velho. — Estando do outro lado já é o suficiente.

— Deixa eu ver se entendi — disse Jorge. — Vamos até esse arquivo, pedimos uma cópia de todas as histórias para as musas e trazemos pra cá.

— Mais ou menos — disse o Zelão.

— Como mais ou menos? — protestou Alice.

— Vocês terão de convencê-las.

— Já vi que vai ser dureza de novo — resmungou o garoto.

— E como chegamos lá? — perguntou a menina.

— Atravessem o meu jardim que num instante vocês chegam lá...

— Tá certo — disseram os dois amigos em coro. E enveredaram por aquele matagal que o velho chamava de jardim.

Caminharam alguns metros e, depois de passar por uma fileira de arbustos secos e retorcidos, cheios de espinhos, chegaram a um desfiladeiro que jamais imaginavam existir ali, tão perto de suas casas.

— Não é que deu certo? — comentou Alice.

— O Arquivo da Terra deve estar no meio daqueles penhascos — disse Jorge.

— Seu Zelão tinha razão — disse a menina.

— Vamos ver o que as musas nos reservam — disse o garoto.

Mas, antes, livraram-se da caixa de escuridão, deixando-a ao pé de um arbusto.

— Pronto — disse Alice. — Já não corremos o risco de voltarmos pra casa com ela.

– E se alguém abri-la aqui, não há problema – arrematou Jorge.

Seguiram adiante e, quando se acercavam do desfiladeiro, viram uma garota com um chapéu vermelho na cabeça andando, cabisbaixa, na direção de um pequeno bosque.

– Será que é quem eu estou pensando? – perguntou Alice.

– Sim, é Chapeuzinho Vermelho – disse o garoto. – Mas, olhe, ela só tem um braço.

– Deus! O que será que aconteceu?

– Acho que eu já sei – respondeu Jorge.

– Então fala, uai!

– Os Trevosos comeram as histórias do nosso lado, não foi?

– Sim, mas e daí?

– Daí que o efeito já se espalhou pelo País da Imaginação.

– Precisamos recuperar rapidinho as histórias e botar o mundo novamente no eixo – disse a menina.

– Exatamente!

– Assim os dois lados voltam ao que era antes.

– É o que espero – disse Jorge.

– O que é isso? – gritou Alice, assustada, com algo que veio do céu e passou raspando pelo seu ombro. – É um pássaro, um avião?

– Não – disse o garoto. – É o Super-Homem!

– Pior que é mesmo – disse a menina. E arrematou, assustada: – Mas ele está sem cabeça!

– Ele também está desaparecendo – comentou o garoto. – Temos de agir logo.

– Se a gente contar, ninguém vai acreditar!

– A essa altura só deve existir a Branca de Neve e dois ou três anões.

– E a Bela Adormecida? Só devem restar os olhos dela.

– E só o cachimbo de Sherlock Holmes. Que pena...

Seguiram por mais alguns metros e encontraram um moinho em ruínas, com as pás estropiadas.

– Parece o moinho da história do Dom Quixote – disse Jorge.

– Caramba, se não corrermos, não vai sobrar ninguém pra contar a história dele – disse Alice.

— Não vai existir história alguma pra ser contada.

— E a gente pensando que estava tudo resolvido.

— Acho que chegamos — disse o garoto, apontando para uma entrada em meio ao *canyon*, onde se erguia uma guarita. — Veja, tem alguém lá dentro!

— Tomara que seja uma musa — disse a menina.

E era de fato, como descobriram quando se aproximaram da entrada.

— Alto lá! — disse a musa. — O que vocês querem?

A menina explicou a situação resumidamente e disse que precisavam de novas cópias das histórias para que circulassem no mundo real e tudo voltasse ao que era antes.

— Senão até você pode desaparecer — completou Jorge.

A musa sorriu e respondeu:

— Vocês têm muita imaginação.

— Pensa que a gente está brincando? — perguntou Alice, indignada. — A coisa é séria.

— Como posso ter certeza de que é verdade? — disse a musa. — Aparecem pessoas de todos os tipos...

— Você não viu nada de estranho por aqui? — perguntou Jorge.

— O quê, por exemplo?

— Chapeuzinho Vermelho sem um braço, o Super-Homem sem cabeça?

— E daí? — disse a musa.

— Daí que isso significa que estão desaparecendo.

— Podem desaparecer, são apenas cópias — disse a musa. — As histórias completas estão bem guardadas no Arquivo da Terra.

— Dá uma chance pra gente — choramingou a menina.

— Só posso permitir que entrem e saiam com uma história por vez — disse a musa. — Essa é a regra.

— Mas assim demoraríamos anos para pôr ordem no mundo — disse o garoto.

— Problema de vocês!

Alice puxou Jorge pelo braço e cochichou no ouvido dele:

— O que fazemos? Vamos tentar uma <u>invasão</u> (p. 67) ou voltar e pedir <u>ajuda</u> (p. 13) pro seu Zelão?

# Perdidos no oásis

— Vou voar aqui pelas redondezas pra ver se encontro alguma solução — disse o Simurg. — Volto num instante.

E levantou voo, velozmente, sumindo no céu além das tamareiras. Jorge e Alice se viram a sós, novamente, no oásis, sem saber como prosseguir.

— E agora? — disse o garoto. — O que faremos?

— Não boto muita fé nesse rei dos pássaros — disse a menina. — Temos de descobrir sozinhos o que significam os sinais.

— Já sei — disse ele. — Tive uma ideia. — E, remexendo lá no fundo de sua mochila, gritou: — Iuuuupi!

— O que deu em você? — perguntou ela.

— Olha aqui — respondeu Jorge, mostrando o dicionário que Zelão havia dado a eles, e continuou: — Deve ser uma inscrição em algum idioma.

— Muito bem — disse Alice. — Agora você pôs a cabeça pra funcionar.

O garoto então começou a folhear ansiosamente o dicionário.

— O que diz aí? — perguntou a menina.

— Nada — respondeu ele, desanimado.

— Espere um minuto — disse ela. — Parecem as letras maiúsculas *vê*, *i* e *xis*.

— Ora, se fossem, os Trevosos poderiam comer — disse Jorge.

— Eles vivem longe daqui.

— Sim, mas quem sabe não viajam por aí?

— O que viriam fazer num deserto? — disse Alice e cogitou: — Mas e se forem números?

— É isso mesmo — disse Jorge, eufórico, depois de observar novamente as marcas. — Você descobriu!

— Eu? — disse a menina, sem entender.

— Claro — respondeu ele. — São algarismos romanos!

— E não é que são mesmo?! — disse ela, alegre. — Como não pensamos nisso antes?

— Bem, acho que já sabemos o que significam esses sinais. São os números seis, quatro, onze e três.

— Será que a gente tem de fazer alguma conta? — perguntou a menina.

— Não, não — disse Jorge. — Preste atenção na posição dos números. Parece que cada um ocupa a posição de um ponto cardeal, como numa bússola.

— Tem razão! — disse Alice. — Deve existir uma passagem secreta.

— Epa, não estamos procurando a senha, o "Abre-te sésamo" que vai abrir o rochedo? — hesitou o garoto.

— Você nem parece um investigador — provocou ela. — É mais simples do que a gente imagina. Aposto que deve haver alguma entrada e, para encontrá-la, basta seguirmos os números.

— Não entendi — disse o garoto.

— Seis passos para o Norte, quatro para Oeste, onze para Leste e três para o Sul — disse a menina, e foi andando, seguindo esse raciocínio. Notou que caminhava em direção a uma pedra à beira de um arbusto e, quando no último passo colocou os pés sobre ela, uma porta se abriu repentinamente no meio do imenso rochedo, assustando Jorge, que se achava ali perto.

— Eu não disse? — festejou a menina.

Mas, depois de verificarem melhor, notaram que a abertura era estreita e insuficiente para que pudessem passar.

— Vou dar um jeito nisso — disse o garoto — Preciso só de uma corda.

Alice fez uma careta. Se um dos dois tivesse pegado a <u>corda</u> (p. 42) na casa de seu Zelão, tudo bem. Se não, teriam de encontrar <u>outra coisa</u> (p. 94) para abrir a fenda no rochedo...

# Ponte

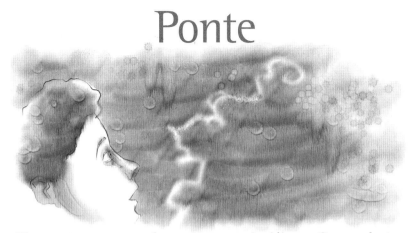

— Vamos atravessar aquela ponte — sugeriu Alice. — Quem sabe tem alguma coisa do lado de lá.

— Sim — concordou Jorge. — Alguém construiu essa ponte e pode estar vivendo nesse oásis.

Enveredaram por entre as tamareiras e atravessaram a ponte abaixo da qual gorgolejava um riacho que brotava das águas da cachoeira. Continuaram caminhando e pararam para encher os cantis numa nascente que brotava das pedras.

— Veja — disse o garoto, apontando para um fio de fumaça que serpenteava pelo céu. — Acho que lá na frente existe alguma aldeia.

— É possível — disse a menina. — As cidades no deserto são sempre próximas dos oásis.

— Por quê? — perguntou ele.

— Ora, é onde há água — respondeu ela, aproveitando a oportunidade para revelar os conhecimentos que adquirira nas revistas *National Geographics*.

Seguiram adiante, em direção à fumaça, e não tardou que encontrassem uma pequena aglomeração de casas escavadas nos rochedos.

— Puxa, que legal! — disse Alice. — Sempre sonhei em conhecer uma aldeia berbere.

— Quero ver como é que a gente vai se comunicar com esse pessoal — disse Jorge.

— Não se preocupem — disse um berbere, saindo de uma das casas. — Aqui, no País da Imaginação, não existe esse tipo de problema.

— Bom que você entende a nossa língua — suspirou o garoto.

— Vem muita gente do lado de vocês pra cá — disse o berbere. — A gente aprende a falar como lá. Mas tem também quem aprende a falar os idiomas imaginários.

— Ainda bem — disse a menina. — Se não a gente não ia entender patavina.

— Mas o que vocês vieram fazer aqui? — perguntou o berbere.

Alice e Jorge contaram o que estava acontecendo do lado de lá, onde os Trevosos, levados por alguém que não atentara para o perigo que poderiam causar fora de seu *habitat*, haviam iniciado aquela balbúrdia, comendo tudo quanto era letra e invadindo a memória das pessoas, ameaçando a raça humana de extinção.

— Se isso acontecer nós também desapareceremos — disse o berbere, visivelmente preocupado.

— Precisamos de sua ajuda — disse a menina. — O que podemos fazer pra deter os Trevosos?

— Temos de ir até onde os Trevosos vivem deste lado pra descobrir um antídoto — disse o garoto. — É um caso de vida ou morte.

— Eles estão longe — disse o berbere. — Pra lá da Serra Quieta.

— Quanto demoraríamos pra ir até essa serra? — perguntou Alice.

— Dois ou três meses em lombo de camelo — respondeu o berbere.

— Sem chances — disse Jorge. — Não existe um jeito mais rápido?

— Só se encontrassem algum gênio para realizar seus desejos.

— O que pelo jeito não é nada fácil — comentou a menina.

— Infelizmente esse não é o deserto onde mora Aladim — disse o homem.

— Somos mesmo azarados — disse o garoto.

— Aqui no País da Imaginação, podemos saltar no tempo e no espaço — disse o berbere. — Num instante vocês chegam à Serra Quieta.

— Mas como? — perguntou Alice.

— Falando com um feiticeiro — disse o homem.

— Tem algum aqui por perto? — perguntou ela.

— Por sorte, nessa aldeia temos um — respondeu o berbere. — Venham, vou levá-los até ele.

Caminharam por uma estrada ladeada por cercas de folhas secas de tamareiras, utilizadas como barreira para impedir o avanço da areia que o vento varria em direção à aldeia. E, depois de passarem por várias casas, graciosamente construídas com argila do deserto, chegaram à residência do feiticeiro. Quando ele soube o que estava acontecendo, apressou-se em ajudá-los, pois sabia que era importante para sua própria sobrevivência:

— Vou fazer agora mesmo uma poção mágica pra vocês enxergarem as linhas do futuro — disse o feiticeiro.

— Peraí! — disse a menina. — Que negócio é esse de linhas do futuro?

— Pensei que fôssemos saltar no tempo — concordou o garoto.

— Calma, calma — disse o berbere.

O feiticeiro colocou um caldeirão no fogão de barro, acendeu o fogo e disse:

— Para dar o salto no tempo, vocês precisam ver no chão as linhas do futuro.

— Mas o que uma coisa tem a ver com a outra? — insistiu Alice.

— Eu explico — disse ele, despejando pó de vários frascos no caldeirão. — As linhas que nos conduzem ao futuro estão desenhadas no chão por onde caminhamos. Mas só conseguimos enxergar a do dia que vivemos. Assim, o máximo que podemos avançar é até o dia seguinte. Sei fazer uma poção que dilata a visão das pessoas, elas passam a ver as linhas e podem saltar lá na frente.

— Que coisa mais engraçada — disse Jorge. — Quer dizer que o futuro está aos nossos pés?

— Exatamente — disse o feiticeiro. E, voltando-se para o berbere, perguntou: — Quantos dias eles levariam para chegar até Serra Quieta?

— Uns noventa e sete — respondeu o homem.

— Muito bem! — disse o feiticeiro. E, enquanto preparava a fórmula, colocando ingredientes esquisitos no caldeirão e mexendo com uma colher feita de osso de camelo, foi explicando como os dois amigos deveriam proceder ao ingeri-la.

— Quando vocês tomarem a poção, vão começar a ver uma fileira de linhas no chão, uma atrás da outra – disse ele. – Cada uma delas corresponde a um dia. Contem noventa e sete e saltem. Vocês estarão noventa e seis dias na frente de hoje.

– Será que vai dar certo? – perguntou a menina, vacilante.

– Claro – respondeu o feiticeiro. – Mas o efeito só dura alguns minutos, é preciso que sejam rápidos. Por precaução, vou colocar um pouquinho de poção nesses dois frascos. Cada um leva o seu e, se vocês errarem a contagem, ainda podem corrigir.

– Tá certo – disse o garoto.

– Podemos confiar? – perguntou Alice.

– Claro – garantiu o feiticeiro. Em seguida, tirou de uma cumbuca dois pequenos caroços e deu a eles. – Levem isso também.

– O que é? – perguntou Jorge.

– São sementes de razão – respondeu o feiticeiro. – Basta fechar os olhos e mastigar uma delas pra sair imediatamente daqui, do País da Imaginação, e voltar mais depressa pra casa quando precisarem.

– Seria uma boa – disse a menina.

– Obrigado por mais essa! – disse o garoto. – A gente nem tinha mesmo perguntado pro seu Zelão como voltar.

Quando a poção do amanhã ficou pronta, o feiticeiro encheu os frascos de reserva e deu aos jovens, que os guardaram nas mochilas. Em seguida, desejando chegar logo à Serra Quieta, os dois beberam um copo inteiro da fórmula mágica.

– E então? – perguntou o berbere, interessado.

– Puxa, que legal – disse a menina, observando o chão. – Estou vendo uma porção de linhas brilhando.

– Eu também – disse Jorge. – Que efeito da hora!

– Contem logo e saltem – ordenou o feiticeiro.

Alice obedeceu. Fez a contagem em voz baixa e deu um salto, desaparecendo imediatamente em seguida.

– Ela já está no futuro – comentou o feiticeiro. – Agora é você – disse ele ao garoto.

Ansioso, Jorge começou a contar depressa e, quando se aproximava do final, ficou na dúvida se era <u>noventa e seis</u> (p. 90) ou <u>noventa e sete</u> (p. 92).

# Ponto-final

Quando tocou o chão novamente, Alice se viu diante de sua casa com a garrafa de histórias concentradas na mão. Sentiu-se aliviada com o efeito da poção mágica com a qual evitara de atravessar o Rio do Esquecimento, saltando no tempo e no espaço. Precisava ir à casa de Jorge procurá-lo, ele certamente chegara um dia antes — e se esquecera de que fora ao Arquivo da Terra. Mas uma dúvida a inquietava: como espalhar as histórias pelo mundo novamente? Aturdida no Arquivo da Terra, nem perguntara a Mnémose de que forma deveria proceder. Bastava abrir a tampa e deixar que elas saíssem, retornando aos livros e à memória das pessoas? E se evaporassem? Receosa de pôr tudo a perder, justo no momento em que estava tão perto de reestabelecer a ordem do mundo, Alice achou prudente procurar Zelão primeiro.

— Ele deve saber — pensou a menina, planejando, em seguida, chamar Jorge para ajudá-la.

Rumou imediatamente para a casa do velho. Encontrou-o deitado no sofá da sala, lendo as poucas linhas escritas que haviam restado de um livro. Ao vê-la com a garrafa na mão, ele pulou, lépido como um gato, e se levantou, sorrindo.

— Eu sabia que vocês conseguiriam! — disse ele. — Que maravilha!

— Espero que as coisas agora se resolvam — disse a garota.

— Mas onde está seu amigo? — perguntou o velho.

— Já, já, vou atrás dele — respondeu Alice. E explicou de que artimanha se valera para não atravessar de volta o Rio do Esquecimento.

— Muito bem — disse Zelão.

— Mas o que devo fazer agora? — perguntou ela, após explicar suas dúvidas sobre como espalhar as histórias pelo mundo novamente.

— É fácil demais — disse o velho, apontando para a garrafa. — Elas estão aí dentro concentradas. Basta abrir para que as letras saiam e, em contato com o ar, voem para ocupar os espaços que faltavam nas histórias.

— Não estou entendendo — disse a menina.

— Como você prepara um copo de suco de laranja que vem concentrado numa garrafa?

— Coloco um pouco de água.

— Pois é — disse Zelão. — No caso das histórias, o elemento usado para diluir é o ar, e não a água.

— Certo — disse Alice. — Mas...

— Em contato com o ar, as letras voltam ao seu tamanho natural e voam numa velocidade incrível para as páginas dos livros e para a mente das pessoas.

— Quero só ver — disse a menina. E destampou a garrafa.

Como se fossem um enxame de abelhas, milhões de letras começaram a sair de seu interior e voar a toda velocidade para todos os lados, deixando Alice boquiaberta. Em poucos minutos, aquela nuvem sumiu no espaço, como se nada tivesse acontecido.

— Olhe — disse Zelão. E mostrou a página do livro que estava lendo — chamava-se *Ladrões de histórias* —, antes em branco e agora totalmente reescrita, como se por um milagre.

A menina pegou alguns livros do chão, folheou-os e confirmou, encantada, que as histórias de fato tinham sido recuperadas.

— E não é que deu certo?!

— Meus parabéns — disse Zelão.

Nesse instante, ouviram alguém bater palmas à porta da casa. Foram juntos atender, felizes pelo desfecho da jornada. Era dona Julieta.

— Alice, estou procurando você por toda a vizinhança — disse ela, olhando desconfiada para o velho. — O que veio fazer aqui?

— Mãe — exclamou a filha, ao perceber que dona Julieta, já não mais amnésica, tinha ido ao seu encontro.

— Ela veio me pedir um livro emprestado — disse Zelão, piscando o olho para a menina, e lhe entregando o volume que tinha nas mãos.

Alice quis logo voltar com a mãe, louca para descansar depois de tantas aventuras e para reler suas revistas da *National Geographics*. Quando atravessava o jardim cheio de mato para alcançar o portão, deu com Jorge, que saía do meio de uns arbustos espinhentos.

— Jorginho, você também por aqui! — disse dona Julieta.

O garoto sorriu, notando que ela recuperara a memória.

— Pois é — disse ele. E completou, enigmaticamente: — Pelo jeito as coisas deram certo.

— Como? — perguntou ela.

— Nada, não, dona Julieta — respondeu o garoto.

Mas Alice achou estranho. Ele parecia não ter se esquecido de nada. Provavelmente, descobrira um jeito de sair do País da Imaginação e voltar sem passar pelo Rio do Esquecimento. E quando sua mãe se virou e deu um passo à frente para ir embora, a menina segurou o amigo pelo braço e, em voz baixa, perguntou de que maneira ele conseguira regressar ao mundo real com a memória intacta.

— O Anjo da Verdade me ajudou — murmurou Jorge, sorrindo. — A verdade não deixa a gente esquecer o que é importante.

— Vamos, vamos — chamou dona Julieta.

Os três saíram juntos, conversando, e de longe ouviram Marinho tocando sua guitarra e cantando um *rock* pesado. Nem viram que Zelão se metera pelo mato adentro de seu jardim seguindo, célere e feliz, para o lado de lá. Será que não tinha sido ele <u>o autor</u> (p. 156) daquela confusão toda, finalmente resolvida por Jorge e Alice?

# Praia

— Então, estamos numa praia ou num deserto? — perguntou a menina ao camelo.

— Não sei — respondeu o animal.

— Como não? — disse Jorge, indignado. — Você é ou não é do País da Imaginação?

— Sou, mas não me lembro se já estive aqui — disse o camelo. — As dunas de areia são parecidas umas com as outras.

— É verdade — disse a menina. E lembrando-se de uma reportagem que lera na *National Geographics*, completou: — Elas mudam de lugar com o vento.

— Tô vendo que a gente vai ter de se virar sozinho — cochichou Jorge no ouvido dela.

— Que tal se vocês derem uma olhada no mapa? — disse o camelo, andando em direção aos coqueiros que avultam lá na frente.

Alice abriu o mapa que Zelão lhes dera e tentou descobrir onde estavam. Mas não conseguiu, porque havia no mapa dezenas de praias, montanhas, planícies, florestas, bosques e uma longa extensão de deserto, além do Mar de Letras.

— Nem começamos e já estamos perdidos — comentou ela.

— Uai, você não sonhava com uma aventura? — disse o garoto, tomando o mapa da mão dela. E como, depois de consultá-lo, também não tivesse ideia de onde estavam, sugeriu: — Acho melhor irmos em frente, em direção àqueles coqueiros.

— Tem razão — concordou a menina. — Aqui não vamos encontrar nenhum Trevoso.

O camelo obedeceu  à ordem e seguiu, lentamente, para o rumo indicado, escalando a imensa duna de areia. O Sol ardia no céu como uma abóbora redonda fervilhante. Jorge reclamava do calor e sonhava com uma água de coco gelada. E, antes de se acercarem dos coqueiros, Alice viu as ondas do mar quebrando numa encosta e anunciou, orgulhosa:

— Praia à vista!

— Legal — disse o garoto. — Vamos ver se encontramos alguma pista desses comedores de palavras.

— Vai ser difícil — disse o camelo. — Esse não é o Mar de Letras.

— É, só tô vendo água pela frente — disse a menina.

— Seu Zelão enganou a gente — disse Jorge, o suor escorrendo pelo rosto afogueado.

— Acho que vocês é que não entenderam direito — disse o camelo. — Aqui, no País da Imaginação, não existe apenas o Mar de Letras. Existem também mares iguais aos do outro lado.

— Com peixes, baleias e tudo o mais? — perguntou Alice.

— Sim — disse o camelo.

— Não vejo graça nenhuma — disse ela.

— Bem, os mares podem ser iguais, mas as pessoas, não — disse o animal. — Algumas andam sobre as ondas; outras pronunciam palavras mágicas e as rochas se abrem como portas, dando-lhes passagem.

— Para um bicho que vive no deserto, sem água, você sabe demais do assunto — comentou Jorge.

— Há muitos desertos banhados pelo mar — disse o camelo.

— Gostei da piada — disse o garoto.

— Ele tem toda razão — disse a menina, voltando-se para o amigo. E exibindo seus conhecimentos aventureiros, completou: — Existem desertos de pedra, de areia e também marítimos.

— Tudo bem — disse Jorge. — Mas e daí? O que vamos fazer?

— Se descobrirmos que praia é essa, saberemos onde estamos e poderemos nos orientar pelo mapa — disse Alice.

— É uma boa ideia — disse o animal.

— Não vejo nenhuma placa — disse o garoto.

Chegaram até as árvores que margeavam a praia.

— Não são coqueiros — disse a menina. — São tamareiras.

Desceram do camelo, beberam água do cantil e começaram a procurar. Não encontraram nada e, então, Alice achou que deveriam se embrenhar pela vegetação adentro. Deixaram o camelo ali, à solta, e se meteram em meio às tamareiras. Depois de caminhar algum tempo, sem muita esperança, desembocaram num vale, ladeado por uma ruidosa cachoeira (p. 24), um rochedo (p. 120) e, ao centro, uma tosca ponte (p. 103) de madeira. Que direção deveriam seguir?

# Problemas

— Melhor tentarmos primeiro a porta dos *problemas* — disse Jorge. — Afinal temos um que até agora não resolvemos.

— Tá certo — concordou Alice. — Espero que a caixa de escuridão esteja lá em cima...

— Eu também — disse o garoto. E, sem perder tempo, começou a girar o círculo. Posicionou a letra *pê*, depois foi ao *erre*, voltou para o *o*, em seguida foi ao *bê*, avançou para o *ele*, retornou ao *e*, e avançou até o *eme*. Por fim, voltou ao início até a letra *a* e girou até o *esse*, formando a palavra *problemas*. Forçou a maçaneta. Um ruído poderoso, de dobradiças enferrujadas, ecoou e a porta se abriu.

Entraram imediatamente e se espantaram ao encontrar adiante uma segunda porta, idêntica à anterior, com letras substituindo da mesma forma os números no círculo do segredo.

— Putz! Por essa eu não esperava — disse a menina.

— Nem eu — disse Jorge. — Será que tem algo gravado debaixo da maçaneta?

— É claro — disse Alice, adiantando-se para verificar.

— E o que está escrito?

— Távola.

— O que é isso?

— Sei lá — respondeu o garoto.

— Peraí! — disse a menina. Abriu a mochila e tirou o dicionário que Zelão lhes dera.

— E?

— Aqui diz que é uma espécie de mesa.

Imediatamente, Jorge girou o círculo do segredo, parando nas letras *eme*, *e*, *esse* e *a*, formando a palavra *mesa*. Girou a maçaneta. A porta se abriu.

— Ufa!

— Mais uma etapa vencida.

Seguiram em frente e tiveram nova surpresa: outra porta, idêntica às anteriores. Da mesma maneira, leram a inscrição abaixo da maçaneta, procuraram no dicionário seu sinônimo e venceram mais uma etapa. O mesmo aconteceu mais adiante. E, depois de passar por mais de dez portas, encontraram uma na qual não conseguiram descobrir o segredo para avançar.

— Fim de jogo — lamentou Alice.

— Só encontramos problemas aqui — comentou o garoto. — Fizemos a escolha errada. É melhor voltarmos e tentarmos pela porta dos caminhos (p. 31).

# Responsável

Jorge despertou assustado. Dona Ziza abrira a janela do quarto e o sacudia.

— O que está acontecendo, filho? — dizia ela. — Parece que você apagou!

— Eu? — resmungou ele, zonzo.

— Ora, nunca vi você dormir tanto! — disse a mãe, incisiva. — Não vai pra escola, não? Alice está esperando lá fora. Até seu irmão, Marinho, que ensaiou ontem até a meia-noite, já acordou.

— Eu, eu... — o garoto não sabia o que responder. Voltara com a amiga há pouco do País da Imaginação, estava prestes a descobrir quem trouxera os Trevosos para o mundo real e, de repente, encontrava-se em sua própria cama.

— E tem mais — disse dona Ziza. — Você estava aí resmungando, como se falasse com alguém.

— Eu falei o nome de alguma pessoa? — perguntou Jorge, sentando-se na cama.

— Falou umas coisas esquisitas. Não entendi nada.

— Será que foi tudo um sonho? — ele perguntou a si mesmo.

— Acho que você teve um pesadelo — disse dona Ziza. — Você comeu melancia antes de dormir?

Jorge não respondeu. Sentia-se atordoado, confuso.

— Vamos, vamos, coragem — incentivou-o a mãe. — Você está atrasado demais. Vai deixar Alice esperando? Vamos, levante-se!

– Tá bom – disse o garoto, espreguiçando-se, enquanto pensava naquela aventura que parecera tão real.

– E olha a bagunça que você deixou! – resmungou dona Ziza antes de se retirar, apontando para os gibis espalhados pelo chão.

O garoto então se lembrou dos estranhos acontecimentos que haviam ocorrido em sua casa e na vizinhança na noite anterior: as interferências na programação da TV que impediram sua mãe de assistir à novela, o sumiço das últimas páginas do livro que seu pai estava lendo, os lapsos de memória de dona Dulcineia ao contar histórias para os netos, o salmo 18 que fora arrancado da Bíblia de seu Túlio... E aquelas histórias do Batman sem diálogos que Alice tinha lhe emprestado? Não era meio esquisito tudo aquilo?

Jorge saltou da cama e recolheu os gibis. Folheou alguns e não notou nada estranho. Mas, de súbito, sobressaltou-se ao ver os balões de uma das revistas em quadrinhos preenchidos a lápis com sua própria letra. Aí tudo se clareou: aquele não era mesmo um gibi comum, mas interativo – que viera por acaso no meio dos outros, criado para estimular a imaginação do leitor, propondo-lhe o desafio de escrever uma história a partir de um tema. E lá estava o tema, bem visível, na primeira página: *Ladrões de histórias.* Para enriquecer a trama, o leitor tinha de colocar em sua história alguns personagens de uma lista que reunia nomes como os Trevosos, o pássaro Simurg, o Gênio das Águas, a deusa Mnémose, o Anjo da Verdade, entre outros. Havia também a ilustração de um velho cabeludo, com cara de louco, que Jorge achara parecido com seu Zelão, o vizinho que vivia no casarão mais sinistro do bairro. O garoto suspirou: fora tudo fruto de sua própria imaginação. Misturara ficção e realidade. E devia ter ido dormir tão excitado com a trama que inventara, a ponto de continuar, em sonho, convivendo com aquelas criaturas.

– Puxa, que maluquice! – suspirou ele.

Tinha para quem puxar. Seu Jijo ia gostar de saber que o filho caçula também criava histórias engenhosas. E Alice? Jorge não via a hora de contar a ela as peripécias que ele engendrara e julgava ser o único (p. 149) autor.

# Resposta

Jorge seguiu para a casa de seu Zelão. A casa do velho com sua fachada descuidada, a sombra das trepadeiras serpenteando pelas paredes, o portão cheio de ferrugem e limo, parecia, àquela hora tardia, ainda mais sinistra, e da janela da sala vazava uma luz mortiça que dava ao mato alto do jardim um aspecto tenebroso de labirinto negro. O garoto bateu palma algumas vezes e, quando já desistia, viu um vulto atravessar o matagal espesso e, de repente, seu Zelão se materializou à sua frente, os longos cabelos brancos despenteados, os olhos miúdos atrás das lentes grossas dos óculos.

— E então? — disse o velho. — Já voltaram? Conseguiram trazer as histórias?

— Sim — respondeu Jorge. — E já soltamos todas elas. Acho que o mundo finalmente entrou nos eixos.

— Eu sabia que vocês conseguiriam — disse seu Zelão. — Onde está Alice?

— Cansou da brincadeira e foi pra casa.

— Fez bem. A batalha não foi nada fácil. E você? Não vai descansar também?

— Sim, mas antes quero saber umas coisinhas do senhor — disse o garoto.

— Tudo bem — disse o velho. — Vamos entrar?

Jorge mirou a casa cercada de sombras. Apesar de seu Zelão ter sido um importante aliado na vitória contra os Trevosos e no restabelecimento da ordem mundial, ainda desconfiava dele e preferiu fazer seu interrogatório ali mesmo.

— Não quero perder tempo — disse.

— Como quiser — disse o velho. — Diga lá!

— Quem foi o autor de toda essa confusão que acabamos de pôr fim?

— Eu que sei? — devolveu seu Zelão.

— Bem, o senhor disse que escreveu a mensagem invertida na revista de Alice, a pedido dos habitantes do País da Imaginação, alertando que a gente devia procurá-lo, se quisesse resolver o problema. Mas ninguém do outro lado sabia o que estava acontecendo aqui.

— Não? — duvidou o velho.

— Não — afirmou o garoto. — Tivemos de explicar a todas as criaturas que encontramos por lá a razão de nossa viagem.

— Ora, ora — disse seu Zelão, dando uma gargalhada. — É claro que sabiam. Estavam só fingindo. Eu conheço bem aquela turma...

— Não tenho dúvidas quanto a isso — concordou Jorge. — Descobrimos que alguns realmente conheciam o senhor.

— Então?! — disse o velho. — Pelo menos não mentiram.

— Mas por que fingiram?

— Sei lá. O importante é que ajudaram vocês a chegarem à solução, não foi?

— Sim, mas é estranho — disse Jorge. — Agiram de forma suspeita. Não entendo por que motivo.

— Talvez para testar vocês — respondeu o velho.

— O senhor não me convence.

— Olha, eu fiz a minha parte pra acabar com a bagunça em que havia se transformado o nosso planeta. Ensinei o caminho pra vocês irem até o outro lado, a pedido deles, mais nada.

— E por que escolheram a mim e a Alice?

— Deviam ter perguntado isso a eles. De qualquer maneira, se você quer achar o responsável, eu já disse várias vezes quem é.

— Quem? — insistiu o garoto.

— Quem trouxe os Trevosos pra cá. E eu não tenho a menor ideia de quem seja — respondeu o velho. — Sei apenas que a gente não pode trazer nenhuma criatura do lado de lá para o nosso mundo, só a cópia das histórias que as musas nos dão.

Jorge então se lembrou que acabara trazendo do País da Imaginação, no bolso, a caixinha onde repousava o Anjo da Verdade, mas não comentou nada.

— O senhor sabe e não quer me falar — disse, impaciente.

— Você já mostrou ser um bom detetive — disse seu Zelão. — Mas acho que essa resposta não tem importância alguma. O mundo está salvo e isso é que interessa.

— Foi o senhor que quis tirar um barato com a gente, não foi? — atacou o garoto.

— Já disse que não — respondeu o velho.

— Confessa, vai? — forçou novamente Jorge.

Seu Zelão abriu o portão e um rangido escapou de suas dobradiças emperradas, rompendo o silêncio da rua deserta.

— Está fugindo, hein? — provocou o garoto.

— Quer saber mesmo quem é o <u>culpado</u> (p. 46) por essa confusão? — disse o velho. — Tem <u>certeza</u>? (p. 39)

# Rochedo

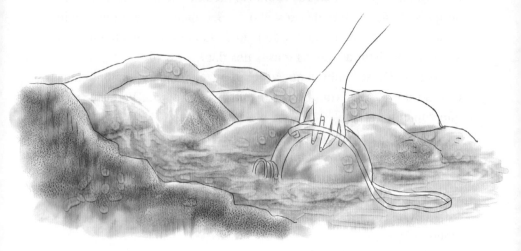

— Pra que lado vamos? — perguntou Alice.

— Que tal a gente se refrescar debaixo daquela cachoeira? — propôs Jorge. — O calor está demais.

— Nada disso — afirmou ela. — Viemos aqui para procurar os Trevosos e encontrar um jeito de deter o sumiço das palavras.

— Nunca transpirei tanto — reclamou ele. — E olha que estamos na sombra...

— Vamos por ali — sugeriu ela, apontando para o rochedo. — Minha intuição diz que é o caminho certo.

— Tá legal — disse ele, resignado.

Caminharam em direção ao rochedo, saltando um riacho que parecia nascer das águas vindas da cachoeira. Aproveitaram para reabastecer os cantis quase vazios e lavar as faces suadas. Seguiram mais alguns metros até se aproximarem do rochedo, ladeado por umas árvores miúdas e frondosas.

— Olha, são romãs! — disse a menina.

— Nunca pensei que fosse encontrar essas frutas por aqui — disse o garoto.

— Vou pegar umas — disse ela.

— Não viemos ao País da Imaginação pra comer romãs — retrucou ele, dando o troco.

— Tem razão — concordou Alice.

— E aí? — perguntou Jorge. — O que diz a sua intuição?

— Vamos averiguar as redondezas.

Como farejadores, procuraram marcas pelo chão pedregoso, no tronco das tamareiras, em meio às ervas que cresciam em tufos esparsos ao redor dos pés de romãs, mas não encontraram nada. E, como último recurso, na esperança de que encontrassem uma passagem secreta no rochedo, tentaram apalpar sua superfície luzidia, o que foi uma péssima ideia.

— Tá pegando fogo — disse a menina.

— É melhor procurarmos lá perto da cachoeira — disse o garoto. — Não há nada por aqui.

— De que adianta ter um mapa se não sabemos onde estamos? — disse a menina.

— Já está desistindo? — disse ele.

— Claro que não — respondeu ela. — Mas desse jeito não vamos a lugar nenhum.

Foi quando ouviram uma voz pedindo socorro do outro lado do rochedo. Correram para ver quem era e encontraram uma mulher toda vestida de preto presa por um pé à reentrância de umas pedras, o rosto todo tampado pelo véu, revelando apenas os olhos súplices que brilharam ao vê-los. Jorge se apressou em ajudá-la e só conseguiu libertá-la depois de cortar com canivete as tiras de sua sandália.

— Obrigada — disse a mulher. — Graças a Alá vocês apareceram por aqui!

— A senhora é xiita, não é? — perguntou logo Alice.

— Sim — disse a mulher, ajeitando sua bolsa de pano sobre os ombros.

— Como você sabe? — perguntou o garoto à menina.

— Os xiitas só usam roupas pretas — respondeu ela.

— É verdade — disse a mulher. — E vocês pelo jeito vieram do outro lado, não?

— Viemos — disse Jorge. — A senhora vive nesse oásis?

— Não — respondeu ela, mostrando a folhagem que transbordava de sua bolsa. — Vim apenas buscar umas ervas para fazer incenso e tintura para os cabelos. E vocês? Que vieram fazer aqui?

Alice contou o que estava sucedendo no mundo de lá e pediu a sua ajuda. A mulher prontamente tirou duas sementes e dois pequenos frascos de dentro da bolsa e disse:

— Olha, aqui estão duas sementes de razão. É uma pra cada um de vocês por terem me tirado daquele buraco.

— E o que vamos fazer com elas? — perguntou a menina.

— Basta fechar os olhos e mastigar a semente pra vocês voltarem imediatamente pra casa.

— Vamos precisar mesmo — disse Alice. — Nem tínhamos pensado na volta.

— Mas não agora — disse o garoto. — Temos de resolver as coisas desse lado primeiro pra depois colocar ordem do lado de lá.

— Sim — disse a mulher. Entregou, então, a eles os dois vidrinhos e explicou: — São poções do amanhã. Acho que pode ajudá-los.

— O que vamos fazer com essa poção? — quis logo saber Jorge.

— É só beber e vocês passam a enxergar no chão aos seus pés as linhas do futuro — respondeu a mulher.

— E qual a vantagem? — perguntou a menina.

— Vocês podem saltar no tempo e no espaço.

— Como assim? — insistiu o garoto.

— Cada linha no chão é um dia — disse a mulher. — Se vocês querem ir a um lugar, por exemplo, que está a dez dias daqui em lombo de camelo, é só pensar nele, contar dez linhas no chão e dar um salto. No mesmo instante vocês chegam lá!

— Podemos então ir imediatamente onde vivem os Trevosos? — perguntou Alice.

— Exatamente — disse a mulher xiita. — Só é preciso saber a quantos dias de distância vocês estão de onde eles vivem e o rumo.

— A senhora não sabe? — indagou Jorge, ansioso.

— Infelizmente não — respondeu a mulher.

— Bem, continuamos sem direção — lamentou a menina.

— Temos de continuar procurando o caminho — disse o garoto.

— Deixa eu pensar se posso ajudá-los de outra maneira — disse a mulher e se pôs pensativa.

De costas para ela, os dois amigos guardaram os frascos da poção do amanhã em suas mochilas e quando se viraram para a mulher ela tinha desaparecido. Não havia ninguém à beira do rochedo. Jorge e Alice se entreolharam, sem saber como explicar o que ocorrera.

— Muito estranho esse país — comentou a menina.

— Parece que estou delirando — disse o garoto.

Deram alguns passos e foram se refugiar novamente à sombra dos pés de romã.

— Caramba, como vamos chegar lá? — resmungou Alice.

De súbito, ouviram o som de um galho estalando e, em seguida, uma voz que lhes perguntou:

— Mas aonde vocês querem ir?

Viram, então, entre as folhas de um pé de romã, um pássaro tão grande e esplendoroso que o galho em que pousara vergava com seu peso.

— Ora, quem é você? — perguntou Jorge.

— Sou o Simurg — respondeu o pássaro, saindo de entre a folhagem.

— Ficamos na mesma — disse Alice.

— Sou o rei dos pássaros.

— Deve ser mesmo — disse o garoto. — Nunca vi um pássaro tão grande e bonito!

— Obrigado — disse o Simurg.

— E que penugem azul! — exclamou a menina. — Parece que veio do céu.

— Adivinhou — disse o Simurg. — Cada uma de minhas penas é feita com um fiapo de céu.

— Então talvez você possa nos ajudar — disse Jorge.

— Pra onde vocês querem ir? — perguntou o Simurg. — Aliás, o que vieram fazer do lado de cá?

— Uai, como você sabe que somos do mundo real? — perguntou Alice.

— Está na cara — disse o Simurg. — Reconheço facilmente quem vem nos visitar aqui no País da Imaginação.

— Então você deve conhecer o seu Zelão — disse o garoto.

— Ora, vocês também o conhecem? — disse o pássaro. — Já me diverti muito com ele. Mas, afinal, qual é o problema?

Assim como haviam contado à mulher xiita, Jorge e Alice explicaram ao Simurg o que estava acontecendo do lado de lá: a amnésia das pessoas, o sumiço das palavras, o risco que o mundo real corria de desaparecer se não conseguissem controlar a praga dos Trevosos.

— Precisamos ir até eles — disse o garoto. — E descobrir algo para detê-los do lado de lá.

— Temos um mapa que seu Zelão nos deu — disse a menina. — Mas não sabemos nem onde estamos...

— Esse é o oásis de Tamerza — disse o Simurg. — E os Trevosos vivem lá no norte, atrás da Serra Quieta.

— É longe daqui? — perguntou Jorge.

— Longe? — disse o Simurg. — É uma jornada e tanto.

— Temos um camelo que está lá fora — disse Alice, já conferindo o mapa. — É meio duro de andar nele, mas acho que dá pra irmos até essa serra.

— Em lombo de camelo, vocês iam demorar pelo menos três meses — disse o Simurg. — Isso se não se perdessem...

— Deus! Se voltarmos para casa depois de três meses, não vai existir mais nada — disse o garoto.

— E se o mundo real acabar, nós daqui também desapareceremos — disse o Simurg.

— Precisamos ir até essa tal de Serra Quieta a jato — disse a menina.

— Você não pode nos levar? — perguntou o garoto.

— Não, é muito peso pra minhas asas — disse o Simurg. — Eu nem conseguiria alçar voo. Mas acho que sei como podem chegar lá rapidinho.

— Como? — perguntaram os dois amigos.

— Bem, estão vendo aquele rochedo? — disse o Simurg, apontando para o imenso bloco de pedra que cintilava ao Sol.

— Que tem ele? — perguntou Jorge.

— É um dos rochedos mágicos que existem por aqui — respondeu o pássaro. – Quem entra nele pode ser transportado para onde quiser num instante.

– É uma espécie de túnel do tempo? – perguntou Alice.

– Sim – respondeu o Simurg. – Por isso, muita gente desaparece no deserto.

– Na certa reaparece em outro lugar – disse o garoto, pensando que a mulher xiita poderia ter sumido ainda havia pouco naquele túnel.

– Exatamente – confirmou o Simurg.

– Vai ver os Trevosos entraram num rochedo desses com alguém do nosso lado – disse a menina. – E acabaram indo parar lá no mundo real.

– Onde estão comendo as letras e os pensamentos que encontram pela frente – completou Jorge.

– É uma hipótese – disse o pássaro.

– Mas como vamos atravessar aquele rochedo? – perguntou Alice.

– Aí é que está o problema – disse o Simurg. – Já vi algumas pessoas entrarem nesses rochedos mágicos e todas elas tiveram de achar a passagem secreta.

– Então vamos lá procurar – disse o garoto.

– Você não sabe onde está a passagem? – perguntou a menina ao pássaro.

– Não – respondeu o Simurg.

– Que raio de rei dos pássaros é você? – disse Jorge, aborrecido. – Precisamos de sua ajuda!

– Sei que em todo rochedo mágico há uma inscrição – disse o Simurg. – Vocês terão de decifrá-la para entrar nele.

– Talvez seja preciso dizer apenas "Abre-te sésamo" – disse Alice.

– Não é o caso – disse o pássaro. – Essas são as palavras para abrir o rochedo onde Ali-babá guarda seus tesouros.

– Ele não vive deste lado? – perguntou o garoto.

– Sim, mas em outro deserto – respondeu o Simurg. – Vamos ver se achamos algo. – E alçou voo em direção ao rochedo, pousando no solo ao seu redor.

Jorge e Alice o seguiram. O pássaro caminhou alguns metros e, de repente, se emaranhou numa touceira de ervas que cresciam nas reentrâncias das pedras. Os dois jovens se apressaram para libertá-lo e, enquanto o faziam, a menina viu que parecia haver algo gravado na base do rochedo.

— Vejam — disse ela, afastando a folhagem para que pudessem averiguar melhor. — Deve ser a inscrição!

— Sim — disse o pássaro, recompondo-se do susto, ao observar as estranhas marcas.

VI

IV               XI

III

— Mas o que será que significa? — disse o garoto.

— Sei lá — respondeu Alice.

— Então não adiantou nada — exclamou ele.

— Talvez seja um código — disse ela.

— Se não descobrirmos o que quer dizer, não poderemos ir à Serra Quieta.

— Temos de tentar decifrá-lo — disse a menina, olhando para o rei dos pássaros.

Precisavam da <u>arte do Simurg</u> (p. 20) para ajudá-los ou continuariam <u>perdidos no oásis</u> (p. 101).

# Serra Quieta

Quando se acercavam da serra, os dois amigos notaram que ali, estranhamente, o silêncio reinava, absoluto. Os galhos das árvores balançavam sem produzir nenhum ruído. Alice e Jorge sentiam o vento em suas faces, mas não escutavam seu zunir. Nem seus próprios passos sobre as folhas secas do chão produziam qualquer barulho.

— Tenho certeza, estamos na Serra Quieta — disse o garoto, espantado com o volume de sua voz que rasgou como um trovão a quietude ao redor.

— Por isso deve ter esse nome — concordou a menina, também surpresa com o mundo sem som em que pisavam pela primeira vez.

— Muito esquisito — disse ele. — O silêncio é tanto que parece estarmos gritando.

— Vamos falar mais baixo — sugeriu ela.

— Tudo bem — disse Jorge. — E os Trevosos, onde será que estão?

— Lembre-se do que disse seu Zelão — falou Alice. — Eles vivem às margens do Rio das Letras.

— Sim — disse o garoto. — E que tal se a gente circular a serra para ver se encontramos o rio?

— Tá legal — disse a menina.

Contornaram a serra azulada, que se mantinha em profundo silêncio, como se ali não houvesse vida, até que avistaram uma fenda semelhante à boca de um túnel encravado na encosta. Rumaram para lá e, quando se acercavam, Jorge notou que um riacho fluía mansamente, atravessando umas grotas de terra escura, mas algo em seu leito cintilava com intensidade.

— O que será? — perguntou, depois de mostrar a Alice a sua descoberta.

— Talvez sejam pedras preciosas — respondeu ela. — Vamos ver.

E foi com surpresa e encanto que viram deslizando no rio letras de todos os tamanhos e cores, translúcidas, como se desenhadas com fios de neon.

— O Rio das Letras! — exclamou o garoto.

— Que lindo! — murmurou a menina. Molhou as mãos no riacho e, ao retirá-las, umas letras luziam em suas palmas, brilhando ao Sol. Admirou-as, fascinada, e as devolveu, vendo-as rodopiarem à superfície, abraçarem-se a outras e seguirem seu curso mato adentro.

— Estamos no caminho certo — comentou Jorge. — Os Trevosos devem morar aí nessa caverna — e apontou para a fenda da encosta.

— A gente podia pegar umas letrinhas — disse Alice, mirando o riacho.

— Agora não — disse o garoto. — Talvez na volta. Precisamos encontrar o antídoto contra os Trevosos.

— Tem razão — concordou ela. — É pra isso que viemos aqui.

Seguiram em direção à caverna e, quando iam entrar, surgiu à entrada um homenzinho de longa barba grisalha, gorro branco na cabeça, carregando um saco de couro às costas que colocou no chão, ofegante.

— Olá — disse ele. — Pelo jeito vocês são do lado de lá.

— Somos — respondeu o garoto. — E você parece um gnomo.

— Pareço, não, eu sou um gnomo — disse o homenzinho, estendendo a mão: — Prazer, Zebedel.

Os dois jovens se apresentaram, retribuindo o cumprimento.

— O que fazem aqui? — perguntou o gnomo.

— Estamos à procura dos Trevosos — disse a menina. — Eles moram aí dentro?

— Sim — respondeu Zebedel. — O que querem com eles?

Jorge então contou rapidamente o que estava acontecendo do outro lado e explicou que, se não encontrassem logo a solução, o pessoal dali, do País da Imaginação, também desapareceria.

— E quem levou os Trevosos pra lá? — perguntou o gnomo, contrariado.

— Não sabemos — respondeu Alice.

— Deve ter sido aquele maluco do Zelão! — disse Zebedel.

— Zelão? O seu Zelão? — disse o garoto, incrédulo, trocando um olhar com a amiga.

— Só faltava essa — comentou ela.

— É, ele não sai destas terras — respondeu o gnomo. — Parece que vive mais aqui do que lá.

— Mas pode ter sido qualquer outra pessoa — disse Jorge.

— Pode — disse Zebedel.

— Bem, que diferença faz agora? — perguntou a menina.

— Nenhuma — respondeu o gnomo. — O estrago já foi feito.

— O importante é resolver já a situação — disse o garoto. — Vamos falar com os Trevosos. — E fez menção de entrar na caverna.

— Vai ser meio difícil — disse o gnomo.

— Ora, por quê? — indagou Alice.

— Eles não falam!

— Como não falam? — perguntou Jorge, sem entender. — Eles não comem palavras?

— Por isso mesmo — disse Zebedel. — O fim de todas as palavras é o silêncio.

— Não entendi — disse a menina.

— Nem eu — emendou o garoto.

— Os Trevosos não usam a voz como a gente — disse o gnomo. — Eles se comunicam por pensamento.

— Pra conversar com eles, vamos ter de adivinhar o que pensam? — perguntou Alice.

— É o único jeito — disse Zebedel.

— Mas como saberemos se o que pensamos que eles pensam é o que eles realmente pensam? — perguntou Jorge, perturbado.

— Vocês terão de encontrar o cristal de luz.

— E o que é isso? — perguntou a menina.

— É um tipo de pedra rara que dá no Rio das Letras — respondeu o gnomo. — Colocando um cristal desses na frente dos olhos, igual óculos, vocês enxergam o que os Trevosos pensam, como se eles tivessem um balão de histórias em quadrinhos sobre a cabeça.

— Legal — disse o garoto.

— Não vejo onde — reclamou Alice. — E como vamos achar esse cristal?

— Garimpando às margens do rio — disse Zebedel.

— Ih, que complicação! — desabafou a menina.

— Bem, há uma outra maneira — disse o gnomo. — Só que também vai dar algum trabalho...

— Fala logo — pediu o garoto.

— Vocês poderão caçar o Vento do Silêncio — disse Zebedel. E explicou: — Esse vento gruda nas palavras como um ímã e, quando os Trevosos o bebem, eles falam do mesmo jeito que a gente.

— E onde encontramos esse vento?

— Aqui mesmo, na Serra Quieta — disse o gnomo.

— Tá certo — disse Jorge. — Mas como vamos pegar algo que não vemos nem ouvimos?

— É, como? — forçou Alice.

— Estou aqui pra ajudá-los — disse Zebedel. — Posso emprestar meu gorro encantado. Com ele, vocês vão conseguir apanhar um pouco de Vento do Silêncio.

— Puxa, que dificuldade! — resmungou o garoto.

— Bem, o que vocês decidem? — perguntou o gnomo.

— Não sei qual opção é pior — comentou a menina.

— Então? — insistiu o gnomo. — Vão procurar um <u>cristal de luz</u> (p. 44) ou apanhar o <u>Vento do Silêncio</u>? (p. 150)

# Sim

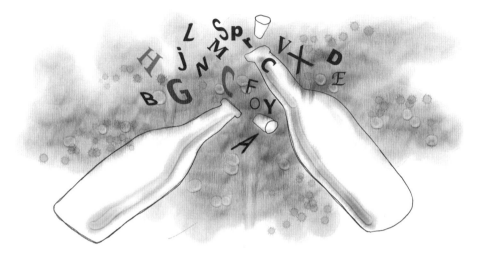

— Vamos, seu Zelão, conta logo — disse Jorge.

— Tá legal! — disse o velho, sentando-se em cima de uma pilha de pesados e enormes volumes de livros. — O problema todo está nas garrafas!

— Que garrafas, meu Deus? — perguntou Alice, novamente desconfiada de que Zelão era mesmo um maluco.

— Epa! Estou colocando o carro na frente dos bois — disse o velho, coçando a cabeça. — Precisamos começar do começo.

— Acho bom — disse o garoto, com a cara amarrada.

— Bem, pra contar essa história, tenho antes de fazer uma pergunta a vocês — disse o velho.

— É hoje! — disse a menina, impaciente.

— Se demorar muito, é capaz de o senhor esquecer o que está acontecendo no mundo inteiro — disse Jorge. — E aí, babau...

— Exatamente — disse Zelão. — Então vamos logo à pergunta: Onde vocês acham que nascem as histórias?

Os dois amigos se entreolharam, desanimados. Devia faltar mesmo tudo quanto era parafuso na cachola do velho. Mas, não tinha jeito, o negócio era entrar no jogo dele e ver aonde ia dar a sua conversa.

– As histórias nascem da cabeça da gente – respondeu a menina.

– Da nossa imaginação – completou Jorge.

– É o que todo mundo pensa – disse Zelão, dando um longo suspiro. – Um erro que vem se repetindo há séculos e está nos afastando cada vez mais da turma do lado de lá.

– Dá pro senhor ir direto ao assunto? – perguntou Alice secamente. – Afinal, onde elas nascem?

– Imaginem uma nascente de água bem pequena – disse Zelão. – Uma nascente que brota no fundo de uma caverna, do meio das pedras, e ganha a luz, deslizando suavemente sobre a superfície e formando um pequeno rio.

– Tudo bem – disse a menina. – E daí?

– Daí substituam a água por letras – disse o velho. – E imaginem que esse rio vai caminhando por uma longa planície e encontra outros rios que despejam suas letras nele, tornando-o cada vez maior, mais volumoso, até que ele se misture a um imenso Mar de Letras.

– E depois? – perguntou o garoto.

– Depois o movimento das marés embaralha as letras, formando as ondas de palavras que se entrelaçam e vão arrebentar na praia em forma de histórias.

– Parece legal – disse Alice. – Mas ainda acho que são as pessoas que as inventam.

– Você verá que tenho razão – disse Zelão. – As pessoas fazem apenas o transporte.

– Como assim? – perguntou Jorge.

– Esse rio de letras, como tantos outros que vão desaguar no mar onde nascem as histórias, situa-se no mundo de lá – respondeu o velho. E continuou, cheio de si: – Quando uma pessoa diz que inventou uma história, ela simplesmente recebeu uma garrafa com letras desse mar e trouxe para o lado de cá.

– Meu pai inventa histórias e nunca me contou isso – disse o garoto.

– Claro, depois a gente passa no Rio do Esquecimento e não lembra mais que esteve do outro lado – disse o velho.

– Não sei aonde o senhor quer chegar – disse a menina.

– O que isso tem a ver com a amnésia das pessoas e esse caos que está aí? – perguntou o garoto.

– Tem tudo a ver – disse Zelão. – Posso continuar?

Com cara de resignação, os dois amigos menearam a cabeça afirmativamente.

– As histórias chegam à praia e são recolhidas em garrafas pelas musas – prosseguiu o velho.

– Musas? – estranhou Alice.

– São criaturas maravilhosas que vivem lá – respondeu ele. – Sua missão é recolher as histórias em garrafas e armazenar numa caverna cuja entrada secreta só elas conhecem.

– E por quê? – quis saber Jorge.

– Por que se não as histórias evaporam – disse Zelão. – E é preciso preservá-las. Essa caverna se constitui na gigantesca memória do mundo imaginário. Um arquivo onde estão todas as histórias desde o início do universo.

– Tudo bem – disse a menina. – O problema não são as histórias do lado de lá, mas as do lado de cá.

– Não vejo relação entre elas – concordou o garoto.

– Calma que a gente chega lá – disse o velho. – Nessa caverna, que chamamos de Arquivo da Terra, sob o comando de uma líder, as musas fazem uma cópia de cada uma das histórias que colheram no Mar das Letras. Guardam a original num imenso pavilhão onde mantêm sentinela dia e noite e levam a cópia para uma estante.

– Por que fazem cópia? – perguntou Jorge.

– Pra preservar a história original – respondeu Zelão. – Como num computador, ela fica guardada no disco rígido, e a cópia é como um disquete que pode circular. E é a cópia que vem pro nosso mundo e chega até nós.

– Agora bagunçou o coreto – comentou Alice, novamente confusa.

– Aí está a raiz dessa confusão toda – disse o velho.

– Ainda não entendi – disse o garoto.

– Eu explico – disse Zelão. – Quando imagina uma história, você está na verdade indo até a porta dessa caverna do lado de lá e a pedindo às musas, que podem ou não entregá-la. Porque depende...

— Depende do quê? — atalhou Alice.

— Se você merece ou não receber a história — disse o velho.

— E como as musas sabem se a gente merece ou não? — perguntou Jorge, pensando nas histórias que seu pai escrevia.

— Pela intensidade da paixão — respondeu Zelão. — Quer dizer: não basta querer, as musas sabem ler em nosso coração se uma história combina ou não com a gente. Como eu disse, nós apenas fazemos o transporte. Somos mensageiros. E, como mensageiros, só podemos trazer pra cá uma história que nosso coração consegue carregar.

— Cada pessoa então recebe a história que merece? — perguntou o garoto.

— Exato.

— Mas peraí! — exclamou a menina. — O senhor está misturando alhos com bugalhos. O que tem a ver a cópia das histórias e essa baderna toda do lado de cá?

— Muito bem — disse Zelão. — As histórias originais estão seguramente armazenadas no Arquivo da Terra. Mas os disquetes, ou seja, as cópias das histórias que vêm pra cá, estão sendo atacados pelos Trevosos, um tipo de criatura que come letras, palavras e, às vezes, frases inteiras.

— Temos de eliminar esse bicho — disse Jorge.

— É o único jeito — afirmou o velho.

— Mas como? — perguntou Alice.

— Bem, os Trevosos são seres imaginários — respondeu Zelão. — Viviam quietos do lado de lá, comendo letras que dão de sobra nos rios de letras. Mas alguém os trouxe para o nosso mundo, onde se reproduzem rapidamente, e então, pra não morrer de fome, eles começaram a invadir livros, cadernos, jornais, placas, enfim, onde há letras, até na memória das pessoas. Para combatê-los, vocês vão ter de ir até o País da Imaginação.

— Ora, eles não estão deste lado? — perguntou o garoto.

— Sim, mas como eles nasceram do outro lado, só lá vocês podem encontrar o antídoto para vencê-los aqui.

— Que pepino! — exclamou Jorge.

— É um belo caso para você exercitar o seu dom para investigações — disse Zelão para o garoto.

— E como o senhor sabe disso tudo? — perguntou Alice.

— Ora, eu tenho muitos amigos que vivem do outro lado — respondeu o velho e abriu os braços: — Estão vendo todos estes livros?

— O que têm eles? — disse a menina.

— Conheço pessoalmente cada uma das personagens que vivem neles. Eu costumava visitá-las sempre; agora, nem tanto.

Como se esquecesse por um instante de que estavam em meio a um problema que reclamava solução urgente, Jorge se distraiu olhando a capa de um livro à sua vista, cujo título era *O segredo do casco da tartaruga*, e ficou imaginando seu enredo. Mas, apreensivo novamente com a batalha que teriam de travar com os Trevosos, o garoto chamou o velho para acompanhá-los nessa jornada.

— Vamos com a gente, seu Zelão?

— Não posso — respondeu ele. — Vocês são jovens e não precisam de ajuda. O pessoal do lado de lá me disse que vocês dois podem solucionar o caso sozinhos. Por isso me pediram pra convencê-los a dar um jeito nesses Trevosos.

— E é o que faremos — garantiu Alice.

— Além do mais, minha memória anda falhando — disse Zelão. — Acho que a amnésia também está me pegando.

— Tivemos sorte — disse o garoto. — Quando nos contou como nascem as histórias, o senhor podia ter se esquecido de alguma parte.

— É, uma parte já devorada pelos Trevosos — disse a menina.

— E aí, um abraço!

— Bem, posso ter um branco a qualquer momento — disse o velho. — E vocês idem!

— Temos de agir depressa — disse o garoto.

— Sim, é preciso ir logo para o País da Imaginação — disse Zelão. — Lá os Trevosos não passam fome e vocês não correm o risco de ser atacados por eles.

— E como a gente faz pra ir lá, do outro lado? — perguntou Alice, atiçada pela possibilidade de começar a sua vida de aventureira.

— É fácil — disse Zelão. — Basta imaginar.

— Só isso? — duvidou Jorge.

— Você não está acreditando, não é? — perguntou o velho.

— Digamos que não...

— Assim não tem graça — disse a menina, decepcionada. — Pensei que tinha um lugar secreto, uma porta, um espelho pra gente chegar ao outro lado.

— Ora, ora — disse Zelão. — É por isso que ninguém tem mais ido lá. É simples, mas as pessoas complicam demais. O que está acontecendo do lado de cá é resultado da imprudência de alguém que trouxe os Trevosos do mundo imaginário. Não se pode trazer nada do País da Imaginação, a não ser cópia de histórias. É bom que vocês saibam disso... Não tragam nada de lá!

— Mas e o antídoto? — perguntou a menina.

— Aí é permitido — disse o velho. — Trata-se de uma exceção. É o único jeito de se neutralizar um problema real causado por seres imaginários. Mas tão logo o resolva, deve ser devolvido ao seu mundo.

— Bem, temos de ir lá — disse Jorge. — E só precisamos imaginar? É isso?

— Sim — respondeu Zelão. — Se quiserem, podem ir agora mesmo.

— Então vamos — disse Alice, meio desconfiada da facilidade desse transporte imediato.

— Fechem os olhos — disse o velho.

Os dois obedeceram.

— Imaginem alguma coisa — continuou Zelão. — Pronto? Já imaginaram?

— Sim — respondeu o garoto.

— Também já imaginei — disse a menina.

— Agora, abram os olhos — disse o velho.

Os dois obedeceram à ordem.

— Estão vendo algo estranho nessa sala? — perguntou o velho, sorrindo.

— Sim — disseram Jorge e Alice ao mesmo tempo: — Um _____!

(p. 28)

# Soluções

— Vamos — disse Alice. — Não queremos nem problemas nem caminhos, queremos soluções.

Jorge girou no ato o círculo abaixo da maçaneta e foi parando nas letras até formar a palavra *soluções*. A porta se abriu com facilidade. Sem perder tempo, eles entraram e deram num corredor estreito que, inesperadamente, terminava diante de um elevador.

— Até que enfim a sorte sorriu pra gente — disse a menina.

— Está me parecendo fácil demais — disse o garoto.

— Acho ótimo!

Na ponta dos pés, Alice apertou o último botão do elevador que se pôs a subir suavemente, levando-os em direção ao topo da torre. Chegaram ao último andar, onde o elevador parou com um tranco. Os dois se viram então numa imensa galeria iluminada, semelhante a um museu, lotada de campânulas de vidro que exibiam como numa vitrina as mais variadas e curiosas caixas.

— Olha — disse Jorge, apontando para uma delas que emitia uma luz verde.

— É a caixa de esperança — comentou a menina, lendo um cartão fixado no suporte.

— Vamos ver as outras — convidou o garoto, maravilhado.

Eufóricos, meteram-se pela galeria, observando as caixas que continham o segredo das coisas e guardavam as soluções para os problemas do mundo. Ficaram tentados a pegar algumas, como a caixinha do amor, cintilando como um diamante, em forma de coração, ou a caixa da felicidade, pequena e redondinha, igual a uma fruta, mas a consciência do dever os manteve alerta para a missão que os trouxera ali, mesmo porque de nada adiantariam as outras caixas se o mundo real e o imaginário desaparecessem. Depois de um giro por aquela magnífica galeria, encontraram a um canto a caixa de escuridão.

— Pronto, aqui está o que procuramos — disse Alice.

— Finalmente, conseguimos — disse Jorge. — Agora é voltar pra casa, recolher os Trevosos e acabar com essa confusão toda.

— Não podemos perder mais nenhum minuto — concordou a menina, tomando a dianteira. — Vamos embora!

— Pra onde você tá indo? — perguntou o garoto.

— Pegar o elevador — respondeu ela.

— Nem precisa — lembrou ele. — Basta a gente mastigar nossa semente de razão.

— Eu já tava me esquecendo — disse a menina. Pegou a semente que guardara no bolso, pôs na boca, fechou os olhos e num segundo desapareceu.

Jorge aproveitou a ausência da amiga e não resistiu à tentação de pegar, antes de partir, uma caixinha minúscula, sem contudo ver qual segredo continha. Enfiou-a no bolso, mastigou sua semente de olhos fechados e quando os abriu estava também de volta (p. 53) ao mundo real.

# Surpresa

— Peraí, peraí — disse Jorge, esbaforido, antes que Alice bebesse a poção do amanhã. — Tive uma ideia!

— Que ideia? — perguntou ela, impaciente, com o frasco já aberto.

— Você podia beber só metade e me dar a outra metade — disse ele.

— Como? — perguntou a menina. — Não estou entendendo...

— Ora, assim nós dois voltamos pra casa juntos! — respondeu o garoto.

— Puxa, como não pensamos nisso antes? — vibrou Alice.

— Pois eu pensei! — disse Jorge, orgulhoso. — É ou não é uma solução elementar, minha cara?

— Tomara que sim — respondeu ela.

— Em dois, colocaremos as coisas em ordem do lado de lá mais rapidamente — completou ele.

— Mas será que vai dar certo? — hesitou a menina. — E se a poção não for suficiente pra fazer efeito nem em mim nem em você?

— Só tentando pra saber — disse Jorge.

— Vamos tirar a prova — disse ela. — É tudo ou nada. — Bebeu uma golada e passou logo o vidrinho para o amigo, que engoliu o resto do líquido.

Os dois viram aos seus pés as linhas do futuro, saltaram apenas uma e sumiram do País da Imaginação.

Reapareceram exatamente na mesma hora, um dia depois, na rua onde moravam. Anoitecia, as luzes dos postes haviam se acendido, a lua minguante riscava o céu como um sorriso.

— Ufa! Deu certo! — disse Alice, feliz por regressar ao mundo real. Olhou a garrafa de histórias concentradas que segurava numa das mãos e decidiu: — Vamos soltá-las já!

— Será que é só abrir a tampa pra que se espalhem pelo mundo? — perguntou o garoto.

— Acho que sim — respondeu ela. E puxou a rolha da garrafa.

Um enxame de letras miudinhas, que formavam as histórias do universo ali comprimidas, começou a sair a mil por hora, fazendo um zumbido assustador, e voou para todos os lados, como se em busca de páginas e mentes onde deviam ocupar seu espaço. A garrafa parecia não ter fundo, transbordava letras e mais letras, e os dois amigos, admirados, não compreendiam como havia cabido tal quantidade num espaço tão pequeno. Por fim, o jorro cessou e a barulheira deu lugar a um silêncio tão profundo que doía nos ouvidos.

— Será que deu certo? — perguntou Jorge.

A menina devolveu-lhe um olhar vacilante. Foi quando ouviram a voz de Dona Julieta ali perto:

— Alice, cadê você? É hora de tomar banho!

— Acho que sua mãe recuperou a memória — disse o garoto, sorrindo.

— Graças a Deus — disse a menina, suspirando, aliviada.

— Não, graças a nós — disse Jorge, enchendo o peito.

Um som de guitarra estrondou de repente e, em seguida, Marinho começou a entoar um *rock* da pesada.

— Pelo jeito seu irmão também não esquece mais a letra das músicas — comentou Alice.

— Alguma desvantagem eu ia levar nisso tudo — disse o garoto.

Olharam de lado e viram as placas de trânsito novamente com seus dizeres escritos. Tudo parecia ter voltado ao que era antes. O mundo readquiria sua ordem e toda a cultura estava preservada.

— Bem, é o fim — disse a menina. — Depois de tanta confusão, a gente merece um descanso.

— Também acho — disse Jorge. — Mas ainda estou encafifado.

— Por quê?

— Nós não descobrimos quem trouxe os Trevosos pra cá.

— Nem quero — disse Alice, incisiva.

— Mas eu sim — afirmou o garoto.

— Você não cansa de bancar o detetive! — disse a menina. E continuou: — Bem, problema seu. Já fiz a minha parte. Vou pra casa. Quero dar uma checada nas minhas revistas da *National Geographics*.

— Pra quê? — provocou Jorge. — Nossa aventura não foi legal, não?

Mas Alice nem respondeu e se afastou em direção à sua casa. O garoto permaneceu ali, sozinho, pensativo. Quem fora o <u>responsável</u> (p. 115) por aquele caos todo? Ele nutria uma suspeita. Será que seu Zelão não tinha a <u>resposta</u>? (p. 117)

# Torre dos Segredos

— Bem, espero que encontremos logo a caixa de escuridão e acabemos com essa história — disse Jorge, diante das imensas portas de ferro da torre, uma ao lado da outra.

— Eu também — disse Alice. — Mas como é que vamos entrar aí?

— Parecem portas de cofre — disse o garoto, apontando para o círculo de metal acima da maçaneta delas.

— Pois é, não têm fechadura — disse a menina. — Precisamos descobrir qual o segredo para abrir.

— Veja, no lugar dos números, existem letras — comentou ele, examinando de perto o círculo.

— É mesmo — disse ela. — Mas e daí?

— Vai ver o segredo é uma palavra que temos de formar combinando as letras.

— Bidu!

— Mas não tenho a mínima ideia de que palavra é essa! — disse Jorge.

— Nem eu — disse Alice. — E tem mais um probleminha: são três portas. Quem disse que todas elas levam à caixa de escuridão?

— A coisa tá preta de novo.

Então o garoto notou alguma coisa gravada no metal entre a maçaneta e o círculo de uma das portas.

— Venha ver — disse ele para a menina. — Olha o que eu achei...

— O que tá escrito? — perguntou ela.

— Não entendo — respondeu o garoto.

— Deve ser um enigma — disse Alice e pegou lápis e caderno. — Soletre para mim.

Jorge soletrou e ela anotou: *prblms* e *oea*.

— Acho que já sei — disse a menina. — É um grupo de consoantes e outro de vogais.

— Tá legal. E daí?

— Ora, pra formar uma palavra, a gente tem de misturar vogais e consoantes — respondeu a menina.

— O que você está esperando?

Alice fez várias combinações e encontrou a palavra *problemas.*

— Problemas não faltam pra gente — comentou o garoto — Esse é mais um.

— Nada disso — comentou a menina. — Aposto que esse é o segredo para abrir a porta.

— Tomara — disse Jorge — Mas e as outras portas?

— Vamos ver o que está escrito nelas!

Examinaram a seguinte e encontram igualmente dois grupos de consoantes e vogais: *cmnhs* e *aio.*

— Tá vendo? — disse a menina. — É só combinar umas com as outras e conseguiremos a palavra que abre essa porta.

— Certo — disse o garoto. — Mas antes vamos ver a terceira...

Na última porta estava escrito o seguinte: *slçs* e *ouõe.*

Havia, portanto, três portas, e cada uma delas poderia ser aberta com uma palavra: <u>problemas</u>, (p. 113) _____ (p. 31) e _____ (p. 138). Bastava escolher uma e ir em frente.

# Trevosos

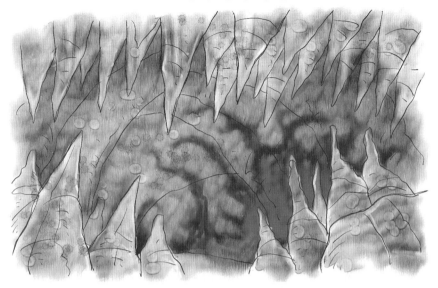

Jorge e Alice se meteram na caverna. A luz do Sol, à entrada, iluminava as formações rochosas de onde despontavam imensas estalactites e estalagmites.

— Que lindo — disse a menina, habituada a ver o interior de cavernas em fotos de revistas. — Ao vivo é demais!

— Lá na frente é pura escuridão — disse o garoto.

— Está com medo? — provocou ela.

— Claro que não — disse ele. — Foi só um comentário.

— Temos a lanterna que o seu Zelão nos deu — disse ela. — Ficou com você?

— Sim — disse ele, aproveitando para apanhá-la na mochila.

Continuaram caminhando, admirando os desenhos que a água fizera na rocha, esculturas estranhas que a um só tempo encantavam e amedrontavam. À medida que se embrenhavam, a claridade foi sumindo e, antes que se achassem inteiramente às escuras, Jorge acendeu a lanterna. Alice pegou o cristal de luz para ler o pensamento dos Trevosos, caso os encontrassem logo adiante; além disso, a pedra os estava ajudando a avançar caverna adentro, pois brilhava como o facho de outra lanterna.

— Será que estamos longe de onde eles vivem? — perguntou a menina, depois de alguns minutos.

— Acho que não — disse o garoto. — Se os Trevosos vão buscar seu alimento lá no Rio das Letras devem estar por perto.

De repente, ouviram um guincho vindo do alto, e Jorge direcionou a luz da lanterna para o paredão que surgia à frente deles. Algo se movia lá em cima.

— É um morcego — disse ele. — Aqui deve estar empesteado.

— E ali? — perguntou Alice, apontando uma mancha negra que se encolhera, como se evitando o foco de luz.

— Parece uma sombra — respondeu o garoto.

— Está se mexendo — disse a menina.

— Deve ser a nossa própria sombra — disse ele.

— Na-na-ni-na-não — disse ela. — Estamos parados.

— Será que não é um Trevoso?

— Seria bom.

— É, assim a gente resolvia logo o problema e voltava pra casa.

— Deixa eu ver.

Então Alice colocou o cristal de luz diante dos olhos e viu, surpresa, três balões com algo escrito flutuando acima daquela sombra. "Devem ser três Trevosos", pensou ela e contou ao garoto a sua descoberta.

— E o que está escrito nos balões? — perguntou ele.

A menina respondeu:

— O primeiro diz: "Quem são essas crianças?". O segundo: "O que estão procurando aqui em nossa caverna?". E o terceiro: "Ih, lá vem encrenca!".

— É o que eles estão pensando da gente! — disse Jorge.

— Com toda a certeza — disse ela.

— Puxa, esse cristal funciona mesmo — disse o garoto.

— Bem, vamos falar com eles e explicar o que está acontecendo.

— Tudo bem.

Sem mais delongas, Alice falou de onde eram e a grave situação que a humanidade vinha enfrentando desde que alguns Trevosos haviam ultrapassado a fronteira do País da Imaginação e, sem alimento, andavam comendo as letras e devorando inclusive a memória das pessoas.

— Viemos aqui pedir a ajuda de vocês — finalizou ela.

— E aí? — perguntou o garoto. — O que eles pensam?

A menina olhou pelo cristal de luz e viu as novas frases escritas nos balões pairando acima da mancha no paredão e disse:

— "Puxa, que confusão! Deve ser verdade mesmo! Alguns dos nossos realmente sumiram com aquele velho e não voltaram."

— Epa! — exclamou Jorge. — Que velho?

— Minha nossa, será que foi seu Zelão que levou os Trevosos pra lá? — emendou Alice. E, lendo com o cristal de luz o pensamento das sombras à sua frente, repetiu-o para o amigo: "Sei lá qual é o nome dele! A culpa é de vocês que vêm pra cá a qualquer hora. A nossa gente também gosta de uma folia".

— Bem, não adianta achar o culpado — disse o garoto. — Precisamos trazer a turma de vocês de volta antes que seja tarde.

— Se não ajudarem a gente, o País da Imaginação também vai pro espaço — alertou a menina. — E então?

— O que devemos fazer? — perguntou Jorge.

Nos balões dos três Trevosos apareceu de forma distinta o mesmo pensamento: só a caixa de escuridão poderia resolver o problema.

— E que caixa é essa? — perguntou a menina, que logo pôde ler em voz alta a resposta: "A caixa do sono eterno. Vive fechada a sete chaves. Se alguém a abrir somos sugados por sua escuridão sem fim".

— É disso que precisamos — disse o garoto, vibrando.

— E onde podemos encontrá-la? — perguntou Alice.

A resposta das criaturas das sombras foi uma só: "Na Torre dos Segredos!"

— Caramba! E em que lugar fica essa torre? — perguntou ela. — "Nas alturas. Flutuando no céu. Encravada no meio das nuvens!"

— E como vamos chegar lá? — perguntou Jorge.

— Eles não têm a menor ideia — disse a menina, lendo o pensamento das três criaturas.

— Deus! — exclamou o garoto. — Não existe um jeito mais fácil de trazer esses Trevosos de volta pra casa?

— Pelo jeito, não — respondeu Alice, desanimada.

— Vocês não podem ir até o nosso lado e falar com eles? — perguntou Jorge. — Não existe uma autoridade a que obedeçam?

— Estão dizendo que não — respondeu a menina, mirando-os pelo cristal de luz. — São seres das trevas e vivem sem nenhum governo. Lá no nosso mundo, vivem grudados às sombras, por isso ninguém os vê.

— Que decepção — disse o garoto. — Andamos, andamos e continuamos no mesmo lugar.

— Com a caixa de escuridão, conseguiremos trazer mesmo os Trevosos pra cá de novo? — perguntou Alice.

E leu as respostas nos balões: "Sim. É o único jeito. Vocês são a nossa esperança!"

— Caramba! — comentou Jorge. — Pensei que seria mais fácil. Agora temos de ir até esta tal Torre dos Segredos.

— Vamos voltar logo — sugeriu a menina. — Pode ser que Zebedel ainda esteja lá fora e nos ajude.

Retornaram à boca da caverna, mas não encontraram ninguém. A Serra Quieta continuava mergulhada no mais absoluto silêncio, como se não existisse vida nenhuma ali. Sentaram-se, desanimados, à sombra de uma árvore. Estavam com sede. O garoto abriu então o cantil para beber água, quando de súbito surgiu diante dele um gênio de consistência líquida, transparente, através do qual Jorge podia ver Alice tão surpresa quanto ele.

— Sim, amo — disse o gênio.

— Quem é você? — perguntou a menina.

— O <u>Gênio das Águas</u> (p. 63) — respondeu ele e completou: — Pronto para servi-los!

# Único

Toda história tem um autor, alguém que foi buscá-la no Arquivo da Terra. E, às vezes, não há um único autor. Se várias pessoas viajam juntas ao País da Imaginação, a autoria é coletiva, como este livro, que contou com a participação de Jorge, além da sua e da minha. Bem, eu me chamo João Anzanello Carrascoza e vivo indo do lado de lá colher histórias. Assim como seu Jijo, sou escritor, e tenho de me abastecer. As musas são bem legais comigo. Nem sempre me dão a história que desejo, certamente por ordem de Mnémose, mas já me entregaram muitas e me permitiram publicá-las com o meu nome na capa. Afinal, um livro sem o nome do autor dá a impressão de que foi atacado pelos Trevosos. E a gente não pode bobear. Acho que aprendemos a lição: não podemos trazer esses devoradores de palavras para o nosso mundo. Eu adoro passear pelo Arquivo da Terra, conversar com as musas enquanto apanham uma garrafa de histórias e fazem cópia para mim. Depois, é só cruzar o Rio do Esquecimento. E sabe por que eu não perco a memória quando volto? Eu sei como me aproximar da Cachoeira da Memória e me banhar em suas águas. Sei outras coisas que aprendi no País da Imaginação e um dia eu vou lhe contar. Por hora, não tenho permissão. Há histórias que as musas não me deixam trazer de jeito nenhum. Vai ver me deixaram trazer esta porque você estava comigo. Aliás, o melhor dessa confusão foi a gente ter se cruzado e agora sermos amigos. Tanto que se quiser saber um pouco mais de mim, encontre-me na <u>entrevista</u> (p. 157).

# Vento do Silêncio

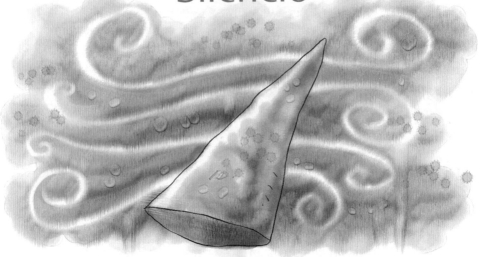

— Acho que pegar o Vento do Silêncio deve ser mais legal — disse Jorge.

— Também estou interessada em ver como é esse seu gorro encantado — disse Alice para o gnomo.

— Bem, temos de andar até o Corredor dos Psius — disse Zebedel, e apontou para um longo descampado, que se estendia entre um trecho de floresta e as rochas da Serra Quieta. — Depois de soprar desde o amanhecer, o Vento do Silêncio costuma descansar por ali.

— Rápido, rápido — disse o garoto. — Não temos tempo a perder.

Seguiram para o Corredor dos Psius e, enquanto caminhavam, a menina quis saber como fariam para apanhar um pouco daquele vento.

— Não tem segredo — disse o gnomo. — Esse meu gorro é feito com fios de nuvens e o Vento do Silêncio adora se esparramar em lugares macios.

— E daí? — perguntou ela.

— Daí basta eu tirá-lo, juntar suas extremidades e deixar uma abertura mínima, como se fosse um balão murcho — disse Zebedel. —

Quando começar a inflar, é porque o Vento do Silêncio está entrando nele.

— Vamos ver se dá certo mesmo — comentou Alice.

— Tomara — disse Jorge. — É nossa esperança...

Chegaram ao descampado onde reinava um silêncio absoluto. Zebedel fez um gesto para que parassem e levou o dedo indicador à boca, para que não fizessem nenhum barulho. Tirou o gorro da cabeça, juntou as pontas e, sem mais nem menos, atirou-o para o alto como se fosse um bumerangue. E, para surpresa dos jovens, o gorro não caiu, mas pairou no ar, flutuando, como uma nuvem. Permaneceu ali, vazio, até que, de repente, começou a se mover lentamente e foi inflando igual a um balão: era o Vento do Silêncio que entrava nele, como dissera o gnomo. E, mostrando uma agilidade invejável para um velho, Zebedel correu, apanhou-o no ar e amarrou as pontas com um nó.

— Pronto — disse ele. — Aqui está o que vocês precisam pra se entender com os Trevosos.

— Legal! — exclamou Jorge. — Pensei que seria mais difícil...

— Puxa! Esse gorro é encantado mesmo — disse a menina.

— Tivemos sorte — disse o gnomo, entregando-a a Alice. — O vento estava a nosso favor. Às vezes, ele demora um tempão para aparecer...

— Bem, vamos ao que interessa — disse Alice.

— Agora podemos pegar umas letras — disse o garoto. E, quando passaram de volta pelo Rio das Letras, ele apanhou um punhado delas e guardou-as na mochila.

— Pronto!

— Vou ficando por aqui — disse Zebedel. — Já fiz a minha parte.

Os dois jovens agradeceram ao gnomo pela força, despediram-se e seguiram para a caverna (p. 33).

# Zelão

Jorge e Alice ficaram encucados com aquela mensagem que lhes surgira justamente no momento em que procuravam uma resposta para seus temores. Parecia que alguém lia seus pensamentos e desejava se comunicar com eles. Mas quem? A mensagem era transparente como uma gota d'água. Precisavam procurar Zelão; só ele sabia por que dera a louca nas palavras e a memória das pessoas andava falhando. E se sabia, talvez conhecesse a solução para se restabelecer a ordem das coisas. Mas tinha de ser logo o Zelão, um velho maluco que parecia o Professor Pardal e vivia na casa mais sinistra do bairro?!

— Olha! Tô toda arrepiada — disse a menina, estendendo o braço, depois de decifrar a frase invertida.

— Que piração, meu Deus! — exclamou o garoto. — Será que essa mensagem é pra nós mesmo?

— Só pode ser.

— Não estamos sonhando, não?

— Claro que não!

— Mas como é que pode? — perguntou Jorge, ainda mais confuso.

— Sei lá — disse Alice — Se tantas páginas escritas estão sumindo, por que umas linhas não podem aparecer? De repente, estão se apagando aqui e sendo reescritas em outro lugar...

– Pode ser. Mas será que não é coincidência, não? Deve ter muitos Zelões por aí!

– Acho difícil – disse a garota. – Temos de ir à casa dele pra tirar a dúvida.

– Você tem coragem? – perguntou Jorge. – Nunca ninguém entrou lá. Será que ele não regula bem da cabeça como dizem por aí?

– Nem parece que você gosta de histórias de suspense – comentou Alice. – É a sua chance de ir até lá e investigar. Vamos?

– Vamos – disse o garoto. – Sempre tive vontade de entrar naquele casarão.

– Pois chegou a nossa hora.

Quando dona Julieta chegou novamente com o suco de maracujá, os dois já haviam saído. Rapidamente chegaram ao fim da rua, onde avultava a casa do velho Zelão. Trepadeiras subiam pela fachada derruída, o reboco caía das paredes, as telhas estavam cobertas por uma espessa camada de lodo, o enorme portão engrossado pela ferrugem rangeu tenebrosamente quando Jorge o abriu. Como não havia campainha, atravessaram o jardim invadido por um matagal que se alastrava até quase a soleira da porta e Alice se sentiu como a Bela indo ao encontro da Fera, mas procurou esconder do amigo seu medo. Bateram palmas uma vez e ninguém apareceu. Julgaram que o velho podia estar meio surdo e bateram mais forte. A porta se abriu subitamente com um grande estrépito e Zelão, de longos cabelos brancos, barba por fazer, óculos com lentes fundo de garrafa, saltou diante deles:

– Obrigado pelos aplausos! – disse ele, curvando-se como se acabasse de fazer seu *show* e saudasse a plateia.

– O velho é maluco mesmo! – pensou Jorge e sorriu para Alice, que agarrara seu braço. A menina se assustara com o barulho da porta, mas se descontraiu com o comentário inesperado.

– Gostaram de minha arte, não? – disse Zelão.

– Que arte? – deixou escapar a menina.

– A mensagem, uai! – exclamou o velho. – Ainda bem que vocês entenderam. Era fácil demais. Mas vai ficar difícil.

Os dois amigos se entreolharam sem entender o que ele dizia.

— Foi o senhor que escreveu a frase de trás pra frente? — perguntou Jorge.

— Sim — disse Zelão. — Mas foi porque eles me pediram.

— Eles quem? — perguntou Alice.

— É uma longa história — disse o velho. — Entrem, entrem. Não é bom ficar parado diante de portas.

O interior da casa tinha pilhas de livros espalhados por tudo quanto era canto. Zelão abriu caminho entre elas.

— Deus, que bagunça! — disse a menina.

— Agora entendo o que é caos — disse o garoto. — Só falta ser ele o responsável por tudo o que está acontecendo...

— Impossível — disse ela, sorrindo. — Esse vovô é uma comédia.

— Pronto! — disse o velho, tirando uma montanha de recortes de jornal de cima do sofá. — Sentem aqui.

Impaciente, Jorge queria respostas e foi logo interrogando seu Zelão:

— O que tá acontecendo, afinal?

— A turma do outro lado... — disse o velho.

— Que turma? — perguntou Alice.

— E que outro lado é esse? — emendou o garoto.

— É como eu desconfiava — disse Zelão, meneando a cabeça. — Seus pais não contaram nada a vocês.

— Contar o quê? — insistiu a menina.

— Bom, vai ver nem sabiam — comentou Zelão.

— Dá pra ser mais claro? — pediu Jorge.

— Nunca falaram sobre o País da Imaginação? — perguntou o velho, os olhos imensos atrás das lentes grossas.

— Aonde o senhor tá querendo chegar? — perguntou Alice, aborrecida.

— Lá onde vive todo mundo que habita o nosso imaginário — respondeu Zelão: Chapeuzinho Vermelho, Joãozinho e Maria, A Gata Borralheira, O Pequeno Polegar, Tom e Jerry, Pio-Pio, Tio Patinhas.

— O velho tá gagá — cochichou a menina no ouvido do garoto.

— Não falei? — sussurrou ele. — Atolamos ainda mais. É fria!

Zelão percebeu a inquietação deles e tentou novamente:

— Super-Homem, Indiana Jones, Batman, Zorro.

— Tá melhorando — disse Alice.

— É, a gente não é mais criança — concordou Jorge. — Mas e daí?

— O que tem a ver com o nosso mundo? — perguntou a menina.

— Tem tudo a ver — disse Zelão. — É uma longa história.

— Não dá pra resumir? — perguntou o garoto.

— Não — disse o velho.

— A situação do lado de cá está cada vez pior! — exclamou Alice.

— Acho que temos pouco tempo.

— Mas vocês não podem ajudar em nada se não souberem certas coisas primeiro — disse Zelão e perguntou: — Querem que eu conte? <u>Sim</u> (p. 131) ou <u>não</u>? (p. 87)

# O autor

Alexandre Rielo

Toda história tem um autor, alguém que foi buscá-la no Arquivo da Terra. Quando várias pessoas fazem juntas essa viagem ao País da Imaginação, a autoria é coletiva, como *Ladrões de histórias*, que contou com a sua participação, de Jorge e Alice, e a minha. Bem, eu me chamo João Anzanello Carrascoza e costumo ir do lado de lá colher umas histórias. Sou escritor, como seu Jijo, e tenho de me abastecer. As musas são bem legais comigo. Nem sempre me dão a história que desejo, certamente por ordem de Mnémose, mas já me entregaram muitas e me permitiram publicá-las com o meu nome na capa. Não que eu goste de aparecer, mas um livro sem o nome do autor dá a impressão de que foi atacado pelos Trevosos. Adoro passear pelo Arquivo da Terra, conversar com as musas enquanto apanham uma garrafa de histórias e fazem cópia para mim. Depois, cruzo o Rio do Esquecimento. E sabe por que eu não perco a memória quando volto para cá? Eu sei como me aproximar da Cachoeira da Memória e me banhar em suas águas. Sei outras coisas que aprendi no País da Imaginação e um dia eu vou contar para você. Por hora, não tenho permissão. Há histórias que as musas não me deixam trazer de jeito nenhum. Às vezes, tento pegar uma escondido, mas Mnémose sempre descobre e me diz: Zelão, Zelão, você ainda não merece essa! Já pensou quando ela souber que conseguimos roubar das suas prateleiras esta história? Bem, pra descobrir mais um segredo que não contei, dê uma espiada na entrevista (p. 157).

## Entrevista

*Ladrões de histórias*, além de apresentar a importância da linguagem verbal e escrita em nossa civilização, é uma obra que aborda a questão da própria criação de narrativas. Ao ler a entrevista a seguir, você fará descobertas bastante interessantes sobre o autor João Anzanello Carrascoza e suas histórias...

PARA ESCREVER *LADRÕES DE HISTÓRIAS*, VOCÊ FOI ATÉ O PAÍS DA IMAGINAÇÃO PEDIR ÀS MUSAS QUE O AUTORIZASSEM A TRAZER ESTA HISTÓRIA PARA O "LADO DE CÁ"? COMO FOI A EXPERIÊNCIA DE CRIAÇÃO DESTA OBRA?

• Fiz, inicialmente, uma longa viagem até o País da Imaginação para escrever este livro. Foi uma experiência intensa, que começou quando fui conhecer o deserto do Saara. No meio das dunas tão parecidas, era preciso decidir a toda hora qual direção seguir. O mais engraçado é que as musas não me entregaram a história inteira de uma só vez, não. Tive de fazer, depois, várias viagens curtas para ir buscar algumas partes que elas teimavam em me negar. E garanto que fazem isso com todo escritor. As musas vão nos cedendo uma e outra garrafa com histórias, às vezes sem ligação umas com as outras. A gente precisa ter muita paciência até chegar a hora de juntar o conteúdo de todas as garrafas numa só vasilha, quando então temos o livro pronto. Aliás, as musas aprontaram uma maldade comigo dessa vez. Depois de escrever quase umas cinquenta páginas de *Ladrões de histórias*, meu computador pifou e perdi tudo o que já havia feito. Tive de começar do zero. Fiquei desconfiado de que os Trevosos tinham invadido minha casa – e deviam estar famintos, porque não sobrou absolutamente nada do meu trabalho! Parece brincadeira, mas foi o golpe mais doloroso que ocorreu em minha vida de escritor. Era como se eu não merecesse ter escrito aquelas páginas e tivesse de ir novamente lá pedir ajuda às musas. Mas, confesso, elas foram bem generosas comigo. Não só me deram as garrafas com novas cópias dos capítulos, como até me deixaram contar para você uns segredos do País da Imaginação que, até então, não haviam me autorizado a falar a ninguém.

O LEITOR TEM UMA PARTICIPAÇÃO ESPECIAL EM *LADRÕES DE HISTÓRIAS*, POIS É ELE QUEM ESCOLHE SEU PRÓPRIO PERCURSO DE LEITURA E CONSTRÓI UM TEXTO DIFERENTE DO TEXTO DE OUTRO LEITOR. O QUE VOCÊ TERIA A DIZER SOBRE ISSO?

• Eu digo que é tudo culpa, ou mérito, das musas. Mas, se você for falar com elas, vão dizer que não têm nada a ver com isso. Porque as histórias nascem no Mar de Letras e elas apenas apanham as histórias, engarrafam e guardam no Arquivo da Terra. Para ser bem sincero, achei muito legal a ideia de fazer você, leitor, participar e ir construindo a sua versão da história. Não deve ser nada fácil para as musas cuidarem de tudo sozinhas, e a gente depois receber de mão beijada... Além do mais, isso já anda acontecendo bastante no mundo da realidade. O tempo todo estamos decidindo o que devemos fazer, se vamos a um lugar ou a outro. Essas pequenas escolhas escrevem a história do nosso dia. E a história de todos os nossos dias é a trama de nossa vida.

EM UM DOS PERCURSOS DE LEITURA POSSÍVEIS EM *LADRÕES DE HISTÓRIAS*, VOCÊ SE APRESENTA COMO A PERSONAGEM ZELÃO. VOCÊ É, DE FATO, ZELÃO? VOCÊ SE PARECE COM ELE?

• Eu sou e não sou o Zelão. Pareço com ele no amor aos livros, na vontade de desafiar e incentivar os jovens, no gosto de ir sempre ao País da Imaginação. Mas, quanto a viver num casarão envolto por um matagal, em meio à desordem das coisas, não sou lá como ele, não. Também não tenho vizinhos como Jorge e Alice, mas, se tivesse, ia me divertir com os dois igualzinho ao Zelão.

QUANDO E COMO FOI SUA PRIMEIRA VIAGEM AO PAÍS DA IMAGINAÇÃO?

• Acho que nem bem nasci, já fui em sonhos ao País da Imaginação. E continuei indo. Talvez, naquela época, eu ainda não tivesse consciência de que estava lá. Quando criança a gente vai de um lado ao outro o tempo todo, saltando da realidade para a imaginação, talvez porque as portas entre esses dois mundos estejam todas abertas e, conforme crescemos, vamos esquecendo onde ficam essas passagens. Mas, lembro-me da primeira vez que fui lá com meu pai. Ele queria buscar uma história nova para contar a nós, seus filhos, como fazia todas as noites, e me levou junto. Fomos num passe de mágica, mas nem chegamos ao Arquivo da Terra. Ficamos passeando por ali e ele me apresentou para uma porção de amigos dele. Depois sentamos à sombra de uma árvore e eu vi um pássaro entre os galhos. Aí, de repente, perguntei a ele, por que os pássaros não voavam à noite. Eu mesmo fiquei surpreso com a minha pergunta, mas meu pai não. Ele me contou que, num ninho encravado na árvore mais alta de uma floresta, vivia o Simurg, rei dos pássaros. Uma tarde, o Simurg resolveu sair em busca de comida para seus filhotes, mas sua mulher alertou que estava escurecendo e era melhor esperar pelo dia seguinte. O Simurg saiu do mesmo jeito — você sabe como os reis são teimosos! — e, no meio do caminho, caiu um temporal que durou a noite toda. Quando o aguaceiro cessou e o dia clareou, ele tentou encontrar a árvore com sua família, mas jamais a encontrou. Devia ter sido umas das muitas que a tempestade derrubara. Apesar de triste, o Simurg convocou uma assembleia com pássaros dos quatro cantos da Terra e ordenou para não voarem jamais à noite, quando suas famílias podiam ficar desprotegidas. E, a partir de então, eles não voaram mesmo. Também, quem se atreveria a desobecer a um rei?

QUANTAS VEZES VOCÊ JÁ FOI AO PAÍS DA IMAGINAÇÃO? QUANTAS E QUAIS HISTÓRIAS AS MUSAS JÁ O AUTORIZARAM A PUBLICAR?

• Como escritor, eu vou sempre ao País da Imaginação. E nem sempre para buscar histórias. Às vezes, fico por lá, conversando com uns amigos que fiz, como o Zebedel e o Gênio das Águas. A primeira das histórias que eu trouxe e as musas me deixaram publicar com meu nome na capa chama-se *As flores do lado debaixo*, e conta como surgiram as pedras preciosas: elas eram flores de árvores que cresciam no mundo do lado de baixo da Terra. Depois, foi a vez do *De papo com a noite*, a história de um menino que, na hora de dormir, corre para o País da Imaginação e conversa com as paredes, os raios de luar, os rolos de fumaça. Aí vieram *Os Zoomágicos*, livro cheio de criaturas como as arinas, os burlões, os reflexos, os squonks, os chin-chin-tores, tão famintos como os Trevosos, mas que só comem a sombra das pessoas, não as palavras. *A Lua do futuro* é uma novela que as musas também me deixaram trazer para cá e conta a história de um povo que enchia garrafas com os raios da Lua do passado ou do futuro, e, depois de beber seu conteúdo, ia para a frente ou para trás no tempo. Outro romance juvenil, *O jogo secreto dos alquimistas*, as musas também me deixaram trazer: conta a aventura de um garoto, Toninho, que procura o segredo da pedra filosofal, a fórmula capaz de transformar o chumbo em ouro. Para o pessoal mais crescidinho, peguei lá com Mnémose o *Hotel solidão*, *O vaso azul* e *Duas tardes*, todos livros de contos. E vem vindo mais por aí, além de *Ladrões de histórias*. Aliás, há pouco eu trouxe o *Quadradinha e redondela*, uma conversa entre duas pedras, uma quadrada, outra redonda.

EM *LADRÕES DE HISTÓRIAS*, NÃO SÓ A ORDEM DE NOSSO MUNDO ESTÁ EM RISCO, MAS TAMBÉM O PAÍS DA IMAGINAÇÃO. INDEPENDENTEMENTE DE OS TREVOSOS ESTAREM COMENDO LETRAS, VOCÊ ACHA QUE HÁ ALGUM RISCO DE O PAÍS DA IMAGINAÇÃO DESAPARECER, EM VIRTUDE DO MODO DE VIDA QUE VEM SENDO ADOTADO PELO HOMEM CONTEMPORÂNEO?

• Creio que a maioria das pessoas não sabe mais encontrar as passagens para ir até o País da Imaginação e desfrutar de suas maravilhas, como faz o Zelão, o seu Jijo e você mesmo. As portas entre os dois mundos continuam abertas, mas, depois que crescemos, estranhamente deixamos de vê-las. Se continuarmos incentivando as crianças a fazerem essas viagens até lá, penso que nenhum dos dois lados corre riscos. A chave está em nossas mãos. A magia só desaparece se faltar imaginação e se a gente deixar. Mas não vamos deixar, não é?